Collection

souris noire

dirigée par
Franck Pavloff

L'auteur

Franck Pavloff est né à Nîmes
d'une mère issue d'une lignée d'instits
montagnards et d'un père bulgare,
idéaliste et anarchiste.
Hérite d'un romantisme slave et d'un amour
sans borne pour les grands espaces.
Monte à Paris maîtriser la sociologie
et la psychologie. En garde l'envie
d'aller fouiner derrière les miroirs aux alouettes
des nations et des hommes. Parcourt le monde.
Écrit pour mettre un peu d'ordre
dans sa vie et laisser des traces noires
sur fond de mémoire.

Du même auteur

• *Le squat résiste*
Syros/Souris Noire
• *Lao, Wee et Arusha*
(Enfants prostitués en Asie)
Syros/J'accuse
• *Un trou dans la zone*
Baleine/Le Poulpe
• *Foulée noire*
Baleine/Instantanés du polar
• *Le Vent des fous*
Gallimard/Série Noire

Franck Pavloff

Pinguino

Illustration de couverture
Jacques Ferrandez

souris
noire

SYROS
jeunesse

Pour Antonin.

Catalogage Électre-Bibliographie
Pavloff, Franck
Pinguino. – Nouv. éd. – Paris : Syros, 1997. – (Souris noire poche)
ISBN 2-84146-432-6
Dewey : 811.5 : Albums et fiction. Romans. Aventures et voyages
Public concerné : Adolescents (à partir de 13 ans)

1

Chez moi, ce n'est pas vraiment Disneyland, mais je ne m'ennuie pas. Depuis que Fredo s'est mis dans la tête de filer le parfait amour avec la brune Pristella et qu'il occupe la grande chambre, je suis peinard dans ma piaule.

Fredo c'est mon frangin. « Fréro », je lui disais quand j'étais plus petit mais depuis son coup au cœur il n'aime plus ça. Les p'tits mots doux, il les garde au chaud pour Pristella.

Il me l'a fait comprendre un matin où il sifflotait dans la salle de bains, son rasoir à la main. Je lui ai dit que c'était pas la peine de s'acharner sur son Gillette s'il voulait ressembler à Agassi, histoire de plaisanter. Il m'a répondu d'un revers lifté. *Out* d'ailleurs, car je suis plus agile que lui.

J'ai compris ce jour-là que s'il ne supportait plus qu'on le branche c'était qu'il était vraiment amoureux. Ça rend susceptible cet état-là.

Pristella ? Est-ce la peine de s'y attarder ?

J'ai horreur de son côté fille de boulanger. J'ai rien contre les boulangers, surtout quand, comme son père, ils sortent du four les meilleurs croissants de l'Alma, mon quartier, et même de Grenoble, la ville où j'habite.

Mais je n'aime pas Pristella, c'est ainsi. Fredo a mauvais goût.

Il tient ça de ma mère. Du père on ne tient rien, on ne l'a jamais connu. Il faut voir ma mère le matin de Pâques descendre la rue Très-Cloîtres, traverser la place Notre-Dame, tanguer dans les rues piétonnes entre les commerces bon chic et les devantures bon genre pour aller s'échouer sur son banc d'église.

Elle est aussi large que haute, ma mère. Noire des pieds à la tête qu'elle couronne d'un chapeau de paille aile de corbeau, une sorte de crêpe brûlée qui aurait loupé sa Tefal. Elle roule plus qu'elle n'avance, laissant dans son sillage un parfum que j'adore, un mélange de fleur d'oranger et de basilic, des odeurs simples qui me rappellent l'Italie quand on allait en vacances du temps où le grand-père était encore en vie.

J'adore ma mère. Elle est née à Montalcino, un village paumé de Toscane, et si d'aventure mes copains se moquent d'elle sur son passage lorsqu'elle s'habille comme un éclair au chocolat pour aller à la messe, elle leur lance un regard rital si noir, si perçant que ce sont eux qui baissent les yeux et la saluent.

J'aime bien mon quartier. Il y pousse des pizzerias comme les brocolis dans le jardin de grand-père. Pour voyager sans me déplacer, me dépayser, pousser une pointe vers le Sud, c'est facile.

Le soir, je m'assieds sur le parapet du pont Saint-Laurent face au quai Perrière et je regarde. Tous les pizzaïolos sur le seuil de leur restaurant s'essuient les mains sur leur grand tablier enfariné en attendant le client. On se croirait à Florence.

Je ne vois pas pourquoi le maire de Grenoble s'obstine à parler français. Tout le monde aime les Italiens, on les envie même. Il y a bien les Arabes qui gagnent du terrain, mais en fin de compte ça se passe pas trop mal, on s'entend bien.

Fredo dit qu'on les a mis à notre botte. Il est marrant quand il veut le frangin, mais ses blagues ne sont pas toujours bien comprises. Ça a failli mal tourner avec Miloud qui ne savait pas que l'Italie avait la forme d'une santiag et que Fredo jouait avec les mots. Ça s'est bien terminé finalement et ils sont allés, bras dessus bras dessous, siroter des cafés à la terrasse du Tlemcen, le bistrot du père à Miloud. Chacun ses commerces.

On boit un coup chez les Arabes, puis on file manger une margharita mozzarella-anchois chez les Italiens. Il y a de la place pour qui veut travailler à l'Alma.

Mes pensées se perdaient dans les fleurs mauves du papier de ma chambre. Des bouquets de lilas décolorés un peu plus chaque année par le soleil. Je suis un rêveur, Maman pas du tout. À la façon dont elle ouvrit la porte, je devinai sur-le-champ ce qu'elle allait me dire :

– Si c'est allongé que tu commences tes vacances, je vois plus dans quelle position tu vas les finir.

Elle a quelques phrases clés comme celle-là, qu'elle me balance selon les situations. Je les connais par cœur et les répète en même temps qu'elle : « Tu finiras à Varces comme Guiseppe » (Varces c'est la prison, Guiseppe c'est mon frère), « Tu prends la maison pour un hôtel », « Si tu veux ta soupe, travaille » et enfin, mais dans les cas exceptionnels où elle laisse s'épanouir sur son bon visage de paysanne toscane la pleine lune de son sourire : *« Non sei un ragazzo cattivo. Se tu avessi due braccia te la caveresti meglio »,* ce qui veut dire : « Tu n'es pas un mauvais garçon. Si tu avais tes deux bras tu t'en sortirais mieux. »

C'est vrai que les bras c'est très utile quand ça va par paire. Moi, je n'en ai qu'un.

Je suis né ainsi, désailé à gauche, comme ces pigeons blessés qui plongent parfois en vrille du clocher de la cathédrale. C'est peut-être pour ça que je tourne en rond dans mon quartier.

Mais le jour n'était pas aux apitoiements. Je sautai hors du lit en maugréant :

– Les vacances c'est fait pour se reposer.

Un argument faible mais réaliste. Le long week-end de la Pentecôte me donnait droit au *farniente* : mot italien qui m'était sympathique. Mais ce qui est exact pour moi l'est rarement pour ma mère.

– Tu crois que j'ai droit au repos, moi ! Et ta sœur qui n'est pas rentrée, et le petit qui braille comme s'il était abandonné ! Et qui va repasser le linge, Pentecôte ou pas ? Et tu crois que Mme de Fourrier qui m'attend pour son ménage va me donner mon dimanche et les...

Je n'écoutai plus. Je fonçai vers la salle de bains et m'y enfermai avec mes vêtements. Aux abris. Terrain neutre. Maman ne dérange pas son grand garçon qui se lave. La culture rital a du bon.

J'évite de me regarder dans la glace. Je ne sais pas exactement pourquoi mais j'ai toujours l'impression que c'est un autre qui me fixe, les yeux dans les yeux, ça me gêne.

À cause de mon bras ? Pas sûr. Je ne suis pas complexé. Je ne vois pas ce que ça m'apporterait d'en avoir deux. Je suis aussi habile qu'un autre pour déboucher le tube de dentifrice avec les dents, et pour lacer mes baskets pas de problème avec les scratchs. Alors je ne me plains pas. La manche gauche de mon blouson est fixée à ma ceinture et il y a bien longtemps que les copains ne m'embêtent plus avec ça. Ils m'ont donné un surnom une fois pour toutes : *Pinguino.*

Pinguino ! Dire que les Ritals n'ont jamais vu de pingouin ! C'est gentil, un petit nom de reconnaissance, presque d'amitié. Ça sonne bien et on me respecte.

Pour les bagarres je n'ai qu'un poing mais il part comme une bielle de locomotive. On connaît mon droit sur le quartier et je fais respecter le mien, comme dit Fredo au sommet de son humour. À seize ans je crochète comme Tuffik, un de la cité Mistral qui a réussi dans la boxe plus que dans les études et qu'on voit à la télé, le genre d'histoire qui ne m'incite pas à bosser. Une dernière couche de gel méga-fixant pour faire exploser mes mèches sur le devant et je me glissai vers le palier, en douce. Tant pis pour le café au lait. Prendre le petit déj à la maison c'était discutailler pendant des heures avec maman.

– Et qu'est-ce que tu vas faire toute la journée ? Et tu vas encore chez Millepiedi. Et tu verras ça finira mal.

Cela dit elle aurait eu raison. J'allais tout droit chez Mille-pattes. Mon pote Millepiedi.

L'air était vif. Je me dirigeai vers la rue Chenoise, attiré par le brouhaha du marché. C'était facile de savoir l'heure. Plus on approchait de midi plus les vendeurs criaient fort.

– Elle est belle ma salade, elle est belle. Hé mamma, une frisée ? C'est doux du dehors et ça craque dedans, comme quand t'étais jeune fille ! Allez mamma je plaisante. Tiens ! deux pour cinq francs, pour me faire pardonner.

L'humour des quatre saisons ! Des Italiens encore.

Aldo, Mario, Tonio, des grandes gueules au cœur de laitue, laissant traîner sur les tréteaux à la fin du marché de quoi nourrir les fauchés du quartier, Clopette, La Givrée, Kiravi, Mme Louise et bien d'autres, selon les fins de mois, qui faisaient glisser dans leur sac plastique deux ou trois tomates, des goldens un peu marquées, une barquette de fraises ou des poireaux laissés en rade par les clients.

Mais ce matin-là les voix, à je ne savais trop quoi, sonnaient différemment.

À l'étal de la grosse Sylvana, reine des coups de gueule, on discutait en sourdine.

Je m'approchai en chipant une orange et, tout en découpant la peau avec les dents, tendis l'oreille.

– Ça vient d'arriver je vous dis. J'étais dans le bistrot de Kamel quand mamie Simone est entrée, échevelée, cassée en deux, demandant au milieu de ses hoquets qu'on appelle les flics.

– La pauvrette, à son âge, voir ça.

– Alors c'est pas Simone ?

– Mais non puisqu'on te dit qu'elle a vu le corps de sa copine par le soupirail. Elle, elle n'a rien, elle est témoin, c'est tout.

– Depuis le temps qu'on leur dit de ne pas aller chercher leur pension à la poste sans se faire accompagner !

– Y en a marre ! intervint Mario-le-gros-bras qui voyait rouge même à jeun.

Il poursuivit :

– Tous ces jeunes qui foutent rien de toute la journée. On n'est plus en sécurité même chez soi. Y en a marre.

Son public reprit en chœur : « Y en a marre ! »

Je sentis tout à coup les regards se poser sur moi.

– Tu sais quelque chose Pinguino ?

– Et qu'est-ce que tu veux que je sache ?

J'ai rougi d'un seul coup.

– Laissez-le, répliqua la grosse Sylvana, ce ne sont pas les nôtres qui font ça. Ce sont les drogués de la place Notre-Dame, les punks, les étrangers.

Sympa, la Sylvana. Mais j'aimais pas la tournure que prenait la discussion. Je profitai d'une accalmie pour me faufiler entre les étals et fonçai au bar de Kamel. Il gardait la caisse dans un bistrot désert. Tout le monde était parti sur les lieux du crime. Plus de doute à présent : on avait bien assassiné Léone, la copine à mamie Simone.

Je ne sais pas marcher calmement. Je repris ma course vers l'Alma, enfilai la rue du

Vieux-Temple, tournai à la rue Servan. Pas la peine de suivre un plan pour se repérer, la foule s'agglutinait autour de deux voitures de flics qui barraient la rue.

À Montalcino ce sont les cloches de la chapelle qui annoncent les décès, à l'Alma ce sont les gyrophares. Question d'époque.

Ce n'était pas des keufs qui pouvaient m'empêcher de passer, surtout dans cette rue à l'abandon où les maisons n'abritaient qu'une kyrielle de chats lépreux, des RMIstes en fin de droits et quelques vieux qui s'accrochaient à leurs appartements à moitié murés comme des vers désespérés à leur dernière pomme.

C'était là qu'habitait Léone la vieille copine à mamie Simone. Tout le monde les connaissait dans le quartier, elles faisaient partie du paysage. Elles sentaient un peu mauvais, criaient les soirs de biture, enquiquinaient les passants avec leurs boîtes de conserve pleines de Ronron, mais on les respectait. On avait un œil sur elles des fois qu'il leur arriverait quelque chose. Mais là, la vigilance n'avait pas empêché le drame.

Je me glissai à travers une porte défoncée, descendis des marches glissantes, tâtonnai de mon bras, traversai les caves où mes baskets clapotèrent dans la boue.

Un gros rat partit sous ma semelle dans un bruit mou et en sautant de côté je me cognai l'épaule gauche. Mon point faible. Je connaissais les bas-fonds du quartier comme ma poche et débouchai exactement dans la cave, face au lieu du crime.

J'étais au premier rang et je matais par l'écran du soupirail comme au cinoche.

La petite vieille semblait dormir, indifférente à la lumière blanchâtre des projos des flics en civil qui prenaient des photos. Un grand type au visage en lame de couteau prenait des mesures, un mètre à la main comme s'il préparait déjà sa caisse en bois.

À regarder de plus près à travers la forêt de jambes qui s'agitaient dans la rue, je vis bien que ses cannes à elle, pas plus épaisses que des bâtons de Jolicône, faisaient un drôle d'angle droit.

– Ils l'ont poussée comme un vieux paquet de linge sale.

– Les salauds !

– Il paraît qu'elle avait sa pension sur elle. Ils lui ont tout pris.

– Mais non, elle revenait pas de la poste, elle y allait.

Personne n'en savait beaucoup plus, mais ça caquetait ferme. Le mystère gardait son mystère. Une bouteille roula sous mes pieds. Il faut dire que Léone picolait pas mal et que sa poubelle c'était les caves d'à côté.

Je me fis tout petit contre le mur humide, mais personne ne s'intéressait à moi. Ça sentait la vinasse, le moisi, la bouche édentée. J'eus un haut-le-cœur et me tirai de là. Drôle de matinée de plein air pour une veille de Pentecôte. Au bout de la rue on parlait haut d'un trottoir à l'autre, on s'interpellait, on riait. À l'Alma c'était comme ça, même quand la mort était sous nos pieds il y avait du rire dans l'air.

J'arrivai en sueur au sixième étage du 6 de la rue des Trèfles. C'est marrant les chiffres, il paraît que les trèfles ont six feuilles aussi. On aime bien se dire, avec Mille-pattes, que cette série de six nous portera chance un jour. On en a bien besoin.

Des fois on fauche des billets de loterie au tabac en bas de chez lui. On n'en est pas très fier parce que la patronne est une chic nana qui nous fait confiance, une vraie montagnarde de Grenoble, droit descendue du Vercors avec ses pulls en laine et son mouflet joufflu, dure à la tâche et pas avare de sourires. Mais on ne chourave que les billets qui se terminent par 666 et c'est rare ! On s'est promis que si on gagnait on en donnerait la moitié à Milka. On l'appelle comme ça parce qu'elle s'habille toujours en violet et qu'elle a de gros lolos ! Heureusement elle ne sait pas exactement pourquoi on la compare à une si jolie vache.

J'avais grimpé les six étages comme si j'étais poursuivi, sans reprendre mon souffle, sans m'aider à la rampe, cela va de soi puisque l'escalier tournait à gauche. C'était la première fois que je voyais un cadavre et je ne voulais pas y penser. Je poussai la porte sans frapper. Mille-pattes était là. Il ne pouvait pas être ailleurs, comment ferait-il pour descendre tout seul sur son fauteuil roulant ?

Ce sont les bras des copains qui lui servent d'ascenseur pendant que je les guide dans l'escalier. Même Adèle, l'assistante sociale qui s'occupe de lui, a renoncé à l'installer dans un rez-de-chaussée aménagé.

Il y a deux ans sa vie a basculé deux fois.

En septembre sa famille n'est pas revenue d'Algérie, plus de nouvelles, et en novembre il est devenu majeur. Responsable de sa carcasse et toujours sans guibolles ! Dix-huit ans et tout seul dans ce vieil appart où la salle à manger se prolonge à l'infini sur les toits. Il n'a pas paniqué, Mille-pattes. Depuis sa polio, quand il était môme là-bas au bled, il ne s'affole plus. Il a eu raison. Les voisins l'ont aidé pendant quelques mois et l'AS a pris le relais. Elle connaît son boulot, les sous sont vite arrivés. Spécial handicapé, on a fêté ça !

Aujourd'hui chez Mille-pattes, c'est le refuge des potes. On le respecte non pas pour son fric mais parce qu'il ne se plaint jamais et trouve toujours le moyen de nous aider sans le faire remarquer.

– Salut Pinguino. T'as mis le turbo !

Je restai quelques instants sans voix, hors d'haleine, avec un sourire niaiseux en guise de réponse. Trois pas vers le frigo toujours bien rempli, une goulée de Coca, je pouvais causer.

– On a tué la vieille Léone !

J'y allai directos, comme on se débarrasse d'un secret trop lourd. Mille-pattes marqua le coup, mais tout en douceur comme il savait le faire, en déplaçant juste sa carriole de quelques tours de roues pour sortir sur la terrasse et se donner le temps de réfléchir.

Les deux tourterelles s'envolèrent, trois petits cercles et un vol plané, puis se posèrent, couple amoureux, sur la rambarde face à la chaîne des montagnes de Belledonne.

– Raconte.

Je ne me fis pas prier. Les copains étaient chargés de lui ramener les rumeurs de l'extérieur. On était ses jambes, il était notre oreille.

– C'est moche, dit-il quand j'eus fini. Les keufs vont enquêter partout. À chaque fois c'est la même chose, ils débarquent ici.

Pas un mot pour la Léone. Les sentiments c'était pas son truc. Pour ne pas s'apitoyer sur soi, il ne faut pas pleurnicher sur les autres.

2

L'après-midi se déroula tranquillement. Je lui fis des spaghettis noyés dans un demi-litre de ketchup, il adora. Il me laissa m'occuper de ses tourterelles et nettoyer la cage du mainate, ce volatile insupportable qui radote : « Mipate, mipate, patron, patron, au feu ! »

Qui lui a appris ces conneries ? Quant à ses perruches au collier émeraude, elles n'avaient pas besoin de trop de soins, elles picoraient dans des mangeoires qui se remplissaient toutes seules et buvaient dans un dé à coudre.

C'est pour rester au milieu de ses oiseaux que Mille-pattes ne veut pas quitter le sixième du 6, rue des Trèfles. Avec Momo, un copain myope comme une taupe celui-là, on se moque de lui. On dirait qu'il s'entoure d'oiseaux pour pouvoir voler.

Il n'a pas de jambes mais mille plans d'évasion dans sa tête. Pour son anniversaire on s'est cotisé pour lui offrir un capucin tricolore, noir, marron et blanc, agité sur ses pattes comme s'il avait avalé un ressort. C'est la seule fois où je l'ai vu pleurer.

On regarda pour la centième fois sa série de *Lucky Luke*, puis on suivit le déclin du soleil qui léchait la crête des montagnes lustrées comme les tôles des toits qui nous entouraient, puis on s'amusa à compter les lampadaires qui faisaient de l'œil à la nuit. La tombée du jour, l'heure des copains. Ça ne tarda pas.

La porte s'ouvrit sans bruit et les potes s'installèrent sur la terrasse comme ils le sentaient.

La bande des bras cassés !

Il y avait Momo et ses lunettes épaisses comme des hublots de Boeing, Josiane et Maria, les deux frangines Belcanti aux yeux d'aigle noir, qui revenaient toujours de quelque squatt où elles avaient trouvé refuge, couvertes de bleus et de bosses comme les chattes de la rue Servan.

Puis, trois ombres s'encadrèrent dans la fenêtre. Je reconnus la Chouette avec sans doute deux éclopés des marches de l'église, le rendez-vous des punks.

– Ils puent, c'est la Chouette ? me souffla Momo qui n'y voit goutte même en plein jour.

En effet, ils traînaient derrière eux une odeur âcre de bière et de chien mouillé. Le mainate qui roupillait lança « Au feu, au feu », allez savoir à quoi rêvent ces bavards des îles.

La Chouette a sa place chez nous, mais à certaines conditions. Il n'y a jamais d'alcool chez Mille-pattes, je ne vous parlerai même pas des joints. On n'en a pas discuté, ça s'est fait comme ça, sans y avoir plus réfléchi. Peut-être simplement parce que les tourterelles sont allergiques à ces excitants. Elles n'aiment que les graines. Comme Milka qui est écolo.

Pour résumer, je dirai que les punks on n'est pas contre, ils nous amusent et même on trouve joli qu'ils se colorent la tignasse. Après tout les perruches sont heureuses, mais la bière ça ne leur va pas au teint. Nous, on se défonce au Coca ou au Banga.

L'air était incroyablement doux. Par les fenêtres grandes ouvertes s'échappaient des odeurs de cuisine et la vapeur des fourneaux.

La terrasse flottait quelque part entre le Vésuve et l'usine de pâtes Panzani.

La réalité refit surface à l'instant où l'un des deux zonards fit sauter d'un coup de lame le bouchon d'une bouteille de bière, un litre de Jenlain acheté à la supérette de la rue Barnave. Le goulot de la bouteille vola au-dessus de nos têtes, explosa aux pieds de Maria.

On nous aurait craché au visage, on n'aurait pas été plus estomaqué. Un ange passa, déplumé, noir de goudron, un bandeau sur l'œil, une saloperie de démon.

Même la Chouette pigea que les bornes venaient d'être dépassées. Il entraîna La Fouine, c'était le nom du mec, au fond de la piaule. « Au feu, au feu », s'énerva le mainate. Il n'avait pas tort, ça sentait le roussi. Le 6 de la rue des Trèfles c'était le rancard des bras cassés, pas des cassés des bars.

Avec son complice ils s'avalèrent leur litre de mousse, peut-être même un deuxième, puis regagnèrent la terrasse dans la réprobation générale. La Fouine parlait fort :

– Vous savez déjà pour Léone ?

Silence sous la lune. Les perruches roupillaient, nous on ne voulait pas savoir. Il poursuivit :

– Ces vieilles-là, on dirait qu'elles provoquent le destin. Faut être louf pour s'aventurer seule dans la rue avec une ceinture de dollars, surtout quand on a des biscotos aussi gros que des spaghettis !

De grands rires secouaient sa carcasse. Tout était démesuré chez lui. Mes yeux s'étaient habitués à la pénombre et je détaillai sa silhouette de héron anorexique. Un assemblage d'abattis mal agencés, une fragilité inquiétante. Malsain. Rien qu'à le regarder on se sentait responsable de son piètre équilibre. Dangereux ce gars plus âgé que nous, capable de bousculer les règles de notre petit groupe de copains. Il poursuivit son monologue :

– Voilà deux jours que je suis à Grenoble et j'ai déjà vu deux saloperies. Hier, Jimmy le routard s'est fait éclater la tête par une bande de Beurs qui se croyaient à Los Angeles, aujourd'hui c'est une vioque qui se fait rectifier dans le quartier rital. Demain les Gitanos attaqueront, y a pas de raison.

Décidément j'aimais rien de lui. Il ne parlait pas comme nous, il ne connaissait rien à notre musique. Je le lui fis savoir.

– C'était pas une vioque Léone, mais une mémé. C'est pas pareil. On la connaissait tous. T'aimes pas les gens toi. Qui es-tu ?

J'en revins pas de mon audace.

– La Fouine. Ça t'avance à quoi ?

– Pour savoir. On est entre copains ici. On choisit les nouveaux.

Je marquai des points, il serra les siens.

– Aujourd'hui je suis là, demain sans doute ailleurs. Ça change quoi ? Avec la Chouette on aime la bière, ça nous regarde. Chacun son truc. Vous c'est les zoiseaux.

T'énerve pas, il y a assez d'emmerdes au-dehors. Les rues sont fliquées ce soir.

Il se rapprocha, menace ou amitié, et voulut faire claquer nos mains, façon Magic Johnson. Manque de pot il était gaucher et moi, de ce côté-là, c'est plutôt le vide. Emporté par son élan il s'étala à mes pieds sans un mot. Il venait de comprendre pourquoi on nous appelait l'équipe des bras cassés.

Il se ramassa en maugréant, poussa dans un coin de la terrasse son sac à dos cradingue d'où dépassaient quelques fringues, déboucha une dernière bouteille de sa bon Dieu de boisson de malheur et s'installa sur le dos, les yeux vers les étoiles, nos étoiles, celles dont on connaissait les noms avec Mille-pattes, la Grande Ourse, Orion, Pollux et Castor.

De savoir qu'un mec comme la Fouine, un gars qui devait penser que Vega et Beltégeuse étaient des marques de bière, avait les mêmes droits que nous sur la planète, me gâcha le reste de la soirée.

Très vite je sentis la fraîcheur m'engourdir. Les sœurs Belcanti qui s'étaient recroquevillées comme un chien et son fusil, l'une contre l'autre sur un matelas, gémissaient en s'endormant comme des minettes en mal d'amour.

Il était temps que je rejoigne la rue Très-Cloîtres et me faufile dans ma chambre sans réveiller maman Barzanti qui ne dort que d'un œil tant que je ne suis pas rentré puis qui change d'œil quand je suis couché, des fois que je ressorte en douce. De toute façon il y en a toujours un qui reste ouvert et qui guette.

Chantal, une copine à Pristella qui a fait des études, dit que les mères c'est toujours comme ça, elles ont au moins trois yeux et les mères italiennes peuvent même en avoir encore plus, autant que de mamelles à la louve de Rome. Je pige pas le rapport entre les yeux et les tétons, mais je fais confiance à Chantal, elle est psycho.

La Fouine ronflait comme un gobeur d'étoiles, prêt à avaler l'ourse et son chariot.

Son sac vomissait son barda. Du linge crade, un peigne et une glace, des pompes poussiéreuses, deux bouquins d'où sortaient des papiers qui brillaient sous la lune. Je me penchai sur une photo d'identité qui dépassait d'une enveloppe.

Et alors là, tout d'un coup la pièce se mit à tourner. Je fis un bond de quelques mètres, ou plutôt un bond de quelques heures en arrière, quand j'étais à l'affût dans la cave de la rue Servan.

Sur la photo c'était la bouille de Léone, avec son sourire d'il y avait quelques années lorsqu'elle n'était pas encore pocharde et qu'elle se contentait des petits noirs qu'elle prenait avec sa copine Simone. J'aurais mis ma main à couper que c'était bien elle sur la photo, et pour un manchot c'est pas une phrase en l'air.

Dans le silence de ses pneus Mille-pattes me rejoignit.

– Fouille un peu dans son sac, dit-il à mi-voix. La Jenlain ça assomme, il se réveillera pas de sitôt.

Au jeu des surprises on était bien servi ce soir-là. J'eus pas besoin de chercher bien longtemps, les billets n'étaient même pas cachés. Des liasses de 100 balles encore serrées dans leur élastique vert, les coupures que demandent les mamies au guichet de la poste lorsqu'elles vont retirer leur retraite. Les 500, ça les embrouille, elles ne savent jamais si c'est des nouveaux francs et parfois elles payent leur baguette de pain avec un gros bifton, il faut vraiment que les commerçants soient bons chrétiens ou bons musulmans pour rendre la monnaie.

Futt, futt, futt. En trois coups de poignet Mille-pattes s'arracha jusqu'à la cuisine et revint avec un couteau, pas un Opinel, une lame terrible. L'orgueil des bouchers comme il l'appelait.

– Qu'est-ce que tu fais ? lui demandai-je, affolé.

– Autodéfense. Tu te rends compte de ce salaud. Il a buté Léone, lui a piqué son fric, il vient nous narguer et tu veux qu'on reste les bras croisés ?

Comme si c'était mon style de rester les bras croisés, j'avais jamais connu ce genre de repos dans ma vie. J'expliquai la situation à Momo qui venait de se faire jeter du matelas des Belcanti alors qu'il tentait un rapprochement sous prétexte qu'il n'y voyait goutte.

Il fut moins alarmiste.

– Laisse tomber ton yatagan. Il faut pas ameuter les flics. On réglera ça demain entre hommes, les yeux dans les yeux.

On aurait dû se rappeler que Momo n'avait pas la même notion du regard que nous et que le plan serait foireux.

Le lendemain je me pointai à l'aube, enfin je veux dire midi. Tout le monde dormait au sixième du 6, rue des Trèfles, sauf les serins du Mozambique qui réclamaient leurs graines de tournesol et la Fouine, vu qu'il s'était tiré en laissant derrière lui ses litrons vides et l'autre punk défraîchi qui ronflait comme un Iroquois alcoolo.

Il fit l'idiot sans se forcer, quand je le secouai.

– Où est passée la Fouine ?

– Hé, oh, tu me lâches ! Et ta sœur où elle est, elle bat le Beur ?

On plaisante pas avec Daniéla ma frangine, surtout qu'il avait tort puisque c'était l'inverse. C'était Djamel, son mec, qui la battait comme plâtre.

Je lui fis une clef au cou. Dans ces cas-là nul ne peut me faire lâcher prise. Comme les pitt-bull dont il faut casser les mâchoires pour desserrer l'étreinte.

Branle-bas de combat dans l'appartement. Le mainate rejoua l'alerte rouge, les palombes s'envolèrent à grand fracas d'ailes, Maria Belcanti poussa un cri de chatte soumise, Momo, réveillé en sursaut, hurla en se cognant la tête au fauteuil et Mille-pattes donna de la voix par-dessus tout ça pour calmer l'hystérie.

– Vos gueules !

Je desserrai ma clef. Le punk avala de l'air pour le restant de ses jours et hoqueta :

– On s'est rencontré il y a un mois dans le TGV qui descendait de Paris. Un contrôleur nous emmerdait, on s'est mis ensemble. Depuis, on se croise à Grenoble, on échange des adresses, des tuyaux. J'en sais pas plus. Il préfère la Jenlain, moi c'est la Kro, c'est tout. C'est la Chouette qui nous a proposé de pieuter ici.

La Chouette pour qui la lumière de midi était une vraie torture se fit tout petit dans son coin.

– J'suis pas responsable des conneries des autres, dit-il en clignant des yeux.

Il n'avait pas tout à fait tort, je me calmai. Mon bras me faisait mal, les cervicales du punk devaient être soudées !

– Comment tu t'appelles ?

– Parigot.

Les présentations étant faites, on s'assit autour de la table pour boire le café des Belcanti, un must, du nectar colombien filtré par des mains italiennes. Nos neurones s'étirèrent sous nos crânes de linotte.

– Si on ne remet pas la main sur la Fouine, il va renouveler ça, dit la Chouette.

Il connaissait la zone, son opinion faisait autorité. Il poursuivit :

– Les chiens errants prennent goût au sang des brebis égorgées. Un meurtre en appelle un autre.

Chacun piqua du nez dans son marc de café.

Meurtre !

Le mot avait été lâché. Une saloperie de mot qui se prononce en sourdine tellement il est chargé. Meurtre ! Sept lettres innocentes qui deviennent coupables rien que d'être accolées. Meurtre ! Une mémé désarticulée au bas d'un escalier glissant. Meurtre !

À force de prononcer le mot, on en prit le dessus.

Parigot, tout punk qu'il était, fit alliance. Il semblait réellement bouleversé et prêt à nous aider.

– Je connais les squats de Grenoble. En chasse les mecs, sinon les keufs vont s'en mêler et ça va valser dans la zone.

Le visage de Mille-pattes avait pris dix ans d'âge, il ne serait pas des nôtres. Là s'arrêtait son rôle. Il nous poussa dehors d'un ton bourru.

– Grouillez-vous avant qu'il ne fasse une connerie.

Pour le consoler je lui envoyai une plaisanterie :

– O.K., je prends tes jambes à mon cou.

Il n'y a qu'entre bras cassés qu'on peut s'envoyer ce genre de vanne. Clin d'œil. Tchao. À plus. C'est bon d'avoir de vrais potes.

3

C'était dimanche, la ville nous appartenait. Les Italiens digéraient en famille leur trop plein de polenta. Les Arabes tapaient le carton à l'ombre des bars pendant que leurs fistons claquaient leur blé à la grande foire de la Pentecôte.

Les étudiants planchaient sur les pelouses du campus en rêvant à un avenir qui ne serait jamais le mien.

Le gratin dauphinois causait art et politique dans les apparts bourges du centre-ville ou sur les hauteurs de Meylan, en croyant que Grenoble était au cœur de l'Europe alors qu'ils étaient pas foutus de restaurer les escaliers gluants de la rue Servan pour empêcher qu'on y pousse les mémés.

Parigot menait la danse. On lui faisait confiance, d'instinct. Carré d'épaules, démarche chaloupée, coupe au carré avec une satanée mèche bleue qui balayait son front au rythme de la marche. Carré dans son langage aussi. Pas un mot de trop.

Le premier squat visité fut celui de la rue des Bergers. Une ruelle si étroite que deux biques de front n'auraient pu s'y engager sans s'affûter les cornes aux murs. Mystère des noms. Un reste de palissade peinturlurée vertmauve façon baba, mais dès l'entrée dans la cour un amas de détritus façon décharge sauvage.

Avec nous il y avait aussi Momo et la Chouette. On n'avait pas voulu les filles, il pouvait y avoir du baston.

– Gaffe Pinguino, passe pas devant.

C'était sympa comme avertissement mais je le pris mal.

À Paris, il faisait ce qu'il voulait, pas à Grenoble. On ferait appel à ses gros bras en cas de besoin. On se toisa du regard quelques secondes, il pigea. J'entrai avec la Chouette, il resta au-dehors pour assurer les arrières avec Momo.

Une odeur de fauve nous sauta à la gorge dès que je poussai la porte. La puanteur était épouvantable. Le parquet était ciré à la pisse de chat. Des matous partirent dans tous les coins, des petits, des gros, des bicolores, des rayés.

Après coup Momo nous jura que le mastard toutes griffes dehors qui l'avait bousculé en passant entre ses jambes avait le dos à damier, carreaux noirs et blancs. Il faut dire qu'à force de se croiser toutes races confondues, les mutations les plus folles étaient possibles, mais il faut dire aussi que Momo avait 1/10 à chaque œil et que, même avec ses hublots, il dépassait pas 2/10 de vision. Il y avait place pour l'erreur.

Par contre, l'erreur du squat c'était ce pauvre clodo qui cuvait sur un lit de cartons au premier étage, seul habitant des lieux après les matous. Il s'était fait sauter une partie de la cervelle en Indochine, une guerre d'autrefois, et avait perdu l'odorat. Il ne pigeait pas pourquoi on se pinçait le nez en lui parlant et encore moins nos questions sur la Fouine.

Après un rapide tour dans les pièces au parquet défoncé on reflua en marche arrière.

– Oh ! Pinguino, ce soir je reste une heure sous ma douche, c'est pas vrai cette puanteur !

Venant de la Chouette, crado notoire, cette promesse exceptionnelle résumait l'ampleur de la catastrophe écologique d'où nous émergions. Parigot nous confirma que la zone évitait la rue des Bergers, mais qu'on avait bien fait d'y aller parce que justement c'était une bonne planque pour qui cherchait à se terrer.

On alluma tous une clope pour sentir le dromadaire plutôt que le matou même si l'abus de goudron donne le cancer.

– On file à l'Europole, il y avait encore du monde ces derniers jours.

Parigot reprenait l'initiative. Rien à redire.

– Les renards chassent sur leur territoire et n'oublient pas leurs tanières.

Je ne lui dis pas ça méchamment, juste pour lui montrer qu'on n'avait pas été élevé dans le même couffin. Nos ancêtres ritals avaient tété une louve, pas un goupil qui fréquentait une fouine.

On continua notre marche à travers la ville, en faisant le point chacun pour soi dans sa tête, c'était pas la peine de tout se dire, encore moins les soupçons.

Notre arrivée dans le chantier Europole fut aussi discrète qu'une descente de police dans les cités chaudes de Grenoble. Il faut dire que depuis les fenêtres du quinzième étage de la tour Europolis c'était pas difficile de repérer l'avancée de notre escadron sur le macadam désert.

Pas un Grenoblois n'avait eu l'idée de passer son après-midi dominical dans cet ancien terrain vague balayé de courants d'air qui s'affolaient entre les tours inachevées du futur Centre européen de technologie avancée. Les Grenoblois ont du bon sens.

Le projet immobilier, grandiose et inadapté, s'était échoué à deux pas de la gare dans une flaque de béton en attendant des jours meilleurs. Par endroits cependant, les bâtiments n'attendaient plus que quelques finitions. Dans ce gruyère les souris de la zone s'en donnaient à cœur joie et changeaient de squat quand on les délogeait d'un trou.

On s'aventura au milieu d'un labyrinthe de sacs de plâtre, on slaloma entre des palettes de carrelages pillées par des voleurs à la petite semaine et on finit par se taper à pied et dans le noir les quinze étages de la tour. On suivit Momo qui gravissait les escaliers comme en plein jour.

– Attendez-moi. Je vais les avertir que je suis accompagné.

Parigot remettait ça. J'en fis autant.

– Pas question.

– Tu me les casses Pinguino. Tu crois tout savoir, ça te portera pas chance.

– Reste, je te dis. Je suis ici chez moi, je commande.

– Chez toi, chez toi ! C'est dans les jupes de ta mère chez toi ! Sous la coupe de ton frangin, dans ton quartier grand comme un mouchoir de poche. Tu connais rien à la vie. Dès que tu sors de ta rue t'es paumé !

On allait se foutre sur la gueule, mais la Chouette qui en avait vu d'autres arrêta nos poings.

– Arrêtez de faire les cons. T'as raison Pinguino, t'es dans ta ville. Mais il doit y avoir un code pour frapper à la porte si on veut pas d'embrouille et Parigot doit le connaître.

Il ménageait la chèvre et le chou. Ça manquait d'élégance. Quand on est pote on se soutient même si on doit être injuste.

Qu'est-ce qui se passait depuis hier, depuis la mort de Léone ? Les règles de mon monde allaient à la dérive et moi avec. J'eus tout à coup l'envie folle de rentrer à la maison. Mais les coups frappés par Parigot dans la porte eurent raison de mes états d'âme.

Trois trois deux trois, c'était le sésame de la marge à Europolis, le rythme d'une sorte de rumba africaine. Qu'est-ce que j'en avais à foutre ?

Erreur, il y avait bien un lien, l'Afrique était au rendez-vous. La bouille ronde d'un rasta black aux yeux embrumés se glissa par la porte, précédant celles toutes aussi noires du reste de la famille, une portée bruyante comme on en trouve encore à Montalcino et dans le grand Sud.

– Qui c'est ces mecs, Parigot ?

L'accent avait la couleur du rhum qui vieillit en fût, sauf que là il n'avait pas eu le temps de prendre de l'âge vu l'haleine du portier.

– T'inquiète Blakos, c'est pas une perquisition, les flics respectent les jours saints.

– Ah ! Vous êtes cinq ?

– Bon les gars c'est pas son jour, lança Parigot qui avait diagnostiqué l'état précomateux de Blakos et l'avait repoussé vers l'intérieur.

Il tituba en s'accrochant à quelques têtes crépues qui ne s'en offusquèrent pas. Même saoul, le père pouvait compter sur le soutien de ses enfants et des prestations familiales. Blakos était connu de tous les services sociaux de la ville pour son intempérance et son grand cœur de père. Elles coulaient dans ses veines les allocs !

Il était venu de Casamance avec toute sa marmaille et sa première femme, une ravissante métisse qui avait vite mis en émoi les petits caïds des quartiers. Grisée par ses succès faciles elle était partie avec Roger, le patron d'un jeu de boules de la cité Zéphir, un ancien rugbyman de Tulins, musclé mais simplet, beau parleur, porteur de croix et gourmette en or, qui méritait donc ses faveurs.

Blakos se retrouva vite à la rue avec ses huit morveux tous plus pétants de santé les uns que les autres. Les mères Thérésa de la ville craquèrent pour cette famille humiliée qui tanguait autour du père mais ne sombrait pas. Il accepta les aides mais refusa toute solution d'hébergement définitive.

– Un homme trahi par la mère de ses enfants n'a droit ni au repos ni à un toit, répétait-il comme le mainate, les soirs de cuite.

L'essentiel était que les mouflets aillent à l'école, et non seulement ils suivaient les cours mais ils caracolaient en tête de leur classe, de quoi faire regretter aux Grenoblois d'être blancs, sobres et bons chrétiens.

Momo à la porte de gauche, la Chouette à celle de droite, moi à celle du fond, et go !

– Oh putain !

La même exclamation jaillit de nos trois bouches arrondies comme nos mirettes. Il y avait de quoi. On venait de mettre le nez dans une planque de clandestins.

– Merde ! reprit en solo la Chouette au langage de plus en plus raffiné. Ils étaient pas là quand j'ai débarqué !

Des Sénégalais et des Marocains jouaient aux cartes, fumaient, somnolaient, tuaient le temps de ce jour férié sans intérêt pour eux en attendant de tenter leur chance à la pêche aux petits boulots, première case du jeu de l'oie de l'immigré qui veut décrocher un improbable titre de séjour.

Je les connaissais bien ces saute-frontières qui dès l'aube se faufilaient comme des maraudeurs aux abords des marchés de la place aux Herbes ou de Saint-Bruno pour quémander un job de quelques heures.

– Salut !

C'était un peu maigre mais je n'avais rien d'autre au rayon des entrées en matière. Pas un son, pas le moindre mouvement en guise de réponse. Les regards noirs s'aiguisèrent dans l'ombre. Inquiétant. Je retins mon souffle.

Blakos que notre irruption avait légèrement dégrisé posa sa main sur mon épaule :

– Je sais pas qui vous cherchez mais il n'est pas ici.

Le ton était sec et je traduisis « circulez il y a rien à voir ».

– Tout doux, dit Parigot qui m'avait rejoint. Tu mènes ta barque comme tu veux

Blakos, les clandés on s'en fout. On n'est pas ici pour embrouilles mais pour affaires. Tu peux nous aider. T'aurais pas vu un grand punk fil de fer avec un sac à dos, qui tourne dans la zone depuis deux-trois jours ?

Les mômes s'étaient calmés. Ils sentaient que l'heure était grave mais qu'on n'était ni des services sociaux ni de la police.

– Qu'est-ce qu'il t'a fait le punk ?

– Il a tiré le sac d'une mémé. On le sait depuis hier au soir où il dormait chez Mille-pattes, un pote à nous.

– Et alors mon frère, chacun sa débrouille. L'argent a pas d'odeur.

– Mais le sang si. On t'a pas bien expliqué, intervint Momo. La mémé s'est éclaté le dentier au bas des marches de chez elle. Morte. Sans vie. Plus rien. *Out.*

Léger flottement chez le rasta au rhum.

– O.K. les gars, ça change tout, pas de flic dans la zone. T'as vu la cargaison que j'ai dans l'appart ! Ouais, il est venu frapper ici votre Iroquois. Il cherchait une planque, prêt à payer gros même. Trop de fric. J'ai pensé à la dope, pas de ça ici, on mélange pas les genres. Il a pas insisté. Je lui ai indiqué le squat de la rue de l'Entrepôt.

– Le parking couvert ?

– Ouais. Les flics ont vidé tout le monde, mais certains box ont été à nouveau défoncés par-derrière.

– C'est bon, merci, on s'attarde pas.

– Un petit rhum ?

Parigot dit oui, nous non. Fine stratégie. Pendant que les buveurs parlaient canne à sucre et mélasse, on se faufilait dans les autres pièces. Dans la zone, la confiance est un luxe qu'on ne peut pas se permettre.

J'enjambai des matelas de fortune, je naviguai entre des casseroles et des camping-gaz, soulevai des rideaux de linge plus humides que feuilles de palmier à la saison des pluies. Que des hommes silencieux, pas de femme.

Cette attente muette, ce fatalisme, cette lourdeur étaient oppressants. Rien de suspect pourtant, pas de trace de la Fouine. Je pressai Momo, la Chouette et Parigot de se tirer de ce repère de paumés du tiers monde.

Devant tant de misère mon cœur se fermait. Je n'étais qu'un môme de l'Alma.

À nouveau on alluma nos clopes dans l'escalier comme un seul homme. C'est drôle, quand on manquait d'air on s'enfumait les poumons !

Le vent à présent soufflait en méchantes rafales, des claques tièdes qui nous frappaient dans le dos. Rien d'amical. L'heure était tiède aussi. Entre chien et loup. Des merles braillards battaient le rappel de la nuit dans les derniers buissons poussiéreux épargnés par les bulls. Fin de siècle sur la ville.

– On va à l'Entrepôt ? On va rien y voir.

– On s'en fout, dit Momo, j'assure.

Pas besoin de palabres, on se faisait confiance. Les cow-boys de la rue des Trèfles prirent le tournant d'Europole en faisant crisser les semelles de leurs baskets sur le macadam de la cité.

4

Le décor était suffisamment parlant pour nous faire taire. Sinistre. Nous naviguions en silence. Deux lumières mauves tremblotaient à la porte du bar fermé depuis plusieurs mois pour tapage nocturne, un ancien atelier de mécano recyclé, temple du hard-rock des Alpes.

Je n'y avais jamais mis les pieds. C'était pour les grands frères. Fredo y amenait Pristella les soirs de séduction. Ils ne pouvaient pas échanger deux mots, ils en ressortaient sourdingues, mais ça les rapprochait ! Pour le prix des entrées il aurait pu offrir un sacré bouquet à sa meuf, ou plusieurs Mac-Do à la suite ou je sais pas moi. Un tour chez l'esthéticienne, quelque chose d'utile. Mais non ! Je ne comprends pas grand-chose à l'amour. Plus tard peut-être ?

J'en étais là de mes réflexions lorsque je fus dépassé et bousculé, épaule contre épaule, par une grande fille à la crinière de lionne. Brune comme une Gitane. Elle n'avait pas de fumée dans les yeux et me foudroya du regard.

Je bredouillai de vagues excuses et la lionne s'évanouit dans l'ombre des parkings que nous longions.

– C'est Nadia, me souffla Parigot.

– Inconnue à l'Alma.

– Il faut sortir, mon grand.

Il allait pas remettre ça le punky !

– Te fâche pas Pinguino. Je plaisante.

– O.K., O.K. Ça va.

Qu'est-ce que j'avais à être ainsi, comme le lait sur le feu ? À la moindre allusion je grimpais au rideau. L'âge ingrat, m'aurait balancé Fredo.

– T'as peur ?

– De qui tu parles ?

– De toi, tiens.

– Tu plaisantes là aussi ?

– Non. On a le droit de pas aimer la nuit. Tu sais les squats j'aime pas ça. Les bouches de métro, les portes cochères, le soupirail des boulangeries, d'accord pour y passer quelques heures, il y fait chaud. Mais les pièges à rats je ne m'y frotte pas. Tu vois, tu te fais des illusions sur les zonards. Je préférerais que tu aies peur, tu serais plus prudent.

J'en restai comme deux ronds de frites. À force de m'occuper de moi j'en oubliais que les autres réfléchissaient aussi.

C'était vrai que l'endroit était plutôt craignos. Des cubes de béton jusqu'à perte de vue, un invraisemblable alignement de box que la municipalité avait cru bon d'installer là pour que les futurs cadres d'Europole y garent leurs 604 et leurs Mercedes.

Le parking attendait depuis un an que les bureaux ouvrent. Mais l'ambiance était à la récession et le site s'enlisait. Pas totalement à vrai dire car les zonards de Maastricht avaient senti l'aubaine et s'étaient refilé l'adresse. J'avais les jetons pour de bon cette fois. Nous avions tous les foies. Le vent sifflait le long des rideaux de fer comme une pelote de vipères en colère.

– T'as du feu ?

– Oui, un briquet.

– Fais voir, plus haut, plus haut.

– Vous affolez pas les mecs, j'ai ma Wonder.

Une trouée jaune balaya le sol. Incroyable ! Momo le miro se trimbalait avec une lampe de poche. On se souda à lui.

– Faut y aller !

Je ne sais pas qui lança ce cri de conquérant mais on y alla.

Parigot passa le haut du corps dans la trouée du mur à l'arrière du box 66, et nous disparûmes derrière lui.

Puis tout se passa très vite, bien plus vite qu'aucun de nous avait pu l'imaginer.

Et pour cause !

Le hasard nous avait conduit directos dans la planque de la Fouine. On aurait pu passer une partie de la nuit à entrer et sortir de garage en garage sans mettre la main dessus, et là, comme à la loterie on avait tiré le mauvais numéro, le 66 !

Ce n'est que plus tard que l'on comprit qu'on avait vraiment une histoire terrible avec les six et qu'on aurait dû se méfier.

– Qui c'est ? hurla la Fouine en bondissant comme un kangourou.

– C'est moi, Parigot, t'inquiète.

Il prenait le jeu en main, j'avais rien à

redire. Pas plus tard que la veille ils faisaient la route ensemble, ça donne des droits.

– Qu'est-ce que tu me veux ?

– Comprendre. Pourquoi tu t'es tiré si vite de chez Mille-pattes ? T'aimes pas prendre le petit déj avec les potes ?

– Précise, Parigot, tourne pas autour du pot. T'aurais pu venir tout seul si tu voulais de mes nouvelles.

C'est à ce moment-là que je distinguai Nadia adossée à l'autre angle du fond, fumant sa clope, belle lionne au regard cachou, groupie du cow-boy au sac à dos qui venait de nulle part pour y retourner par le même chemin.

Les filles ont toujours aimé les baroudeurs paumés même s'ils n'ont pas d'épaisseur. Elles rêvent du cavalier Marlboro et finissent dans le box 66 de la rue de l'Entrepôt.

Je devais penser tout haut, elle me lança :

– Qu'est-ce que tu as à me regarder, Rital, t'as jamais vu de fille comme moi ?

J'eus pas le temps de répondre, la Fouine tolérait pas que les meufs jouent dans la cour des mecs.

– Ta gueule Nadia !

Il se tourna vers nous.

– Cassez-vous de là, je sais pas ce que vous me voulez. Toi Parigot, je veux plus voir ta mèche de schtroumpf, nos routes se séparent.

– Gaffe, fit la Chouette, il a un cran d'arrêt.

– Pas de ça, hurla Parigot, range ton Opinel. Tu nous feras pas le coup de la vieille Léone.

– Qu'est-ce que tu insinues mec ?

– Tu le sais très bien.

La Fouine et Nadia paniquaient dans leur carré en béton, le dos au mur. Il fallait qu'on relâche les mâchoires du piège sinon ils s'affoleraient et joueraient leur va-tout.

Nadia avait saisi une bouteille de Jenlain et s'avançait vers nous. Je tirai Parigot vers l'arrière. Il comprit mon message.

– D'accord la Fouine, on met les bouts, mais on reviendra. On va guetter tes sorties, on va quadriller la ville, tu ne nous échapperas pas. T'es fait comme un rat.

J'étais hypnotisé par les éclairs que lançaient le couteau et la bouteille. Un des rares moments de ma vie où j'aurais voulu avoir deux bras, pas pour frapper mais pour me protéger.

La Fouine se mit à brailler de tout son soûl. Et il l'était drôlement.

Je peux tout supporter sauf qu'on m'avoine d'insultes. Comme sous un coup de fouet, je me rebiffai et, yeux dans les yeux, contre-attaquai en ouvrant ma grande gueule à mon tour.

– Poivrot ! Lâche ! Rat des parkings !

Puis dans ma lançée :

– Ciabatta ! Puzzola !

Quelque chose comme savate et putois : les mots doux que s'envoient les poissonnières des halles pour se faire la voix.

Il stoppa net comme sous une volée de coups. Je ne le lâchai pas.

– Salaud ! Voleur ! *Codardo ! Assassino !*

Je ne savais pas où je mettais les pieds mais cette fois c'était dit. C'est difficile à expliquer mais je distinguai très nettement son visage dans l'ombre du box, ses traits distendus par la surprise et surtout, je ne l'oublierai jamais, ses yeux qui s'ouvrirent démesurément sur le mot « Assassino ». Pas la peine de traduire.

La bouteille explosa à quelques centimètres de ma joue. Nadia faisait le ménage. La passion c'est violent, c'est peut-être ce qui manque à Pristella.

On tournait déjà à l'angle de la rue que la Fouine n'avait toujours pas bougé. Pétrifié. Seule la voix hystérique de Nadia nous poursuivait dans la rue déserte.

– Oh con ! dit la Fouine.

– Oh putain ! lui répondirent en faux échos nos voix.

Chez nous, les gros mots nous servent à retrouver nos esprits, à ponctuer nos émois. Et on en avait besoin. Parigot était survolté. La Chouette hululait son mépris. Momo était sonné. Moi, tendu comme une arbalète.

On marcha dans la nuit jusqu'à l'Alma, sans plan précis pour le lendemain sauf le rancard qu'on se fixa exceptionnellement tôt.

– Onze heures du mat rue des Trèfles.

J'eus bien du mal à m'endormir. Les yeux de la Fouine me débusquaient chaque fois que je me retournais dans mes draps moites. Fredo tapa à la cloison.

– Arrête ton cirque, tu m'empêches de dormir.

Il s'en foutait lui, il n'avait pas vu comme moi l'étrange tristesse qui palpitait dans le regard du punk.

5

La tristesse, parlons-en. Elle fut au rendez-vous de ce lundi de la Pentecôte. Pourtant nous n'étions pas partis sans atout, comme nous le faisait remarquer Maria Belcanti qui nous accompagnait pour contrer Nadia.

Les filles ça sait dialoguer entre elles. Becs et ongles sont de même longueur.

On voulait que la Fouine passe aux aveux. Après ? On ne savait pas très bien, on n'avait pas réfléchi au-delà...

On l'avait hébergé, il nous avait trompés, nous ne pouvions pas laisser passer ça. C'est étrange cette hargne que nous avions après lui. Peu à peu la mort de Léone passait au second plan. Il n'y avait pas de morale dans cette chasse à l'homme, rien que l'envie floue que tout redevienne comme avant, qu'on se retrouve entre nous, que celui par qui le scandale était arrivé parte.

Maria s'introduisit en douce par la brèche pour essayer de neutraliser la groupie-harpie. Momo et la Chouette firent le pet à l'extérieur. Avec Parigot nous devions foncer droit devant avec notre attirail des mauvais coups, lampe-phare de vigile pour l'aveugler, bombe lacrymo s'il se débattait. Tout pour neutraliser son regard qui nous faisait peur.

Au cri blessé que poussa Maria je sus tout de suite que la réalité venait de basculer.

Je laissai tomber la lacrymo et notre stratégie pour foncer vers elle, suivi par les potes. Dans notre dos une silhouette s'éclipsa, un petit trapu à la tignasse blonde dont j'aperçus la chaînette en or briller à son cou de bœuf.

Trop tard pour l'attraper.

Trop tard aussi pour la Fouine qui restait à terre sans bouger. Et pour cause. Il gisait recroquevillé comme un escargot malade mais la bave qui sortait de sa bouche était rouge. Rouge sang. Elle s'écoulait d'autant mieux que le haut de son crâne était fracassé, décapsulé même, comme ses Jenlain qu'il aimait tant et qu'il ne viderait plus.

– Mort.

D'un seul mot Parigot mettait de l'ordre dans ce désordre. Il y avait eu l'avant, maintenant il y aurait l'après.

Je me risquai à une phrase :

– L'assassin assassiné.

C'était bien maigre comme diagnostic mais cela me posa face aux autres.

– Qu'est-ce qu'on fait Pinguino ?

– On se casse sans bruit, on efface la moindre trace et on la ferme.

Un vrai chef. Comme des pros, on a regardé si personne n'avait laissé traîner un bouton, un mégot ou une boucle d'oreille. Les flics traquaient à présent le quart d'un demi-poil de moustache pour leur labo, alors autant éliminer le plus gros.

Momo poussa un cri en se baissant pour ramasser quelque chose.

– Un paquet, du flouze.

Erreur, ce n'était pas les billets de banque que j'avais vu la veille dépasser d'une poche du sac à dos, mais une simple liasse d'enveloppes. Des enveloppes épaisses en papier kraft, estampillées « Air Mail-Par Avion » avec de beaux timbres étrangers, de vrais tableaux miniatures. Sans doute tombées au cours de la bagarre.

Souvenir, envie des timbres, les deux sans doute, j'empochai les lettres qui provenaient de Thaïlande, un pays quelque part du côté de l'Asie.

Personne n'y trouva à redire.

Maria eut un geste de femme : elle ramena une couverture sur le visage de la Fouine pour cacher son regard indomptable qui nous fixait du fond de sa nuit.

On se glissa au-dehors sans bruit, à la queue leu leu comme des chatons en cavale.

C'était à peine midi, une heure inhabituelle pour nous, ce qui ne nous aidait pas à retrouver nos esprits et à faire le point. On n'avait pas envie de rentrer au quartier.

Tout le poids de la tragédie nous tombait sur les épaules. Ce fardeau était trop lourd pour chacun d'entre nous. En bande on avait plus de force pour faire face.

On resta donc ensemble, soudés par l'amitié et la fatigue, direction place Saint-Bruno où on connaissait les patrons des bars qui nous laissaient traîner aux terrasses.

On s'affala aux tables ensoleillées de chez Gianola, une tribu de chez nous, des mafiosi d'opérette, aurait dit Fredo. On se regardait par en dessous comme des merdeux fautifs. Comme si on était coupable face à la mort. Mais pourquoi, diable ? On n'avait rien fait ! Notre désarroi était total, on n'osait pas parler. On n'arrêtait pas de se lever pour se laver les mains aux toilettes.

– Et s'il n'était pas vraiment mort ?

Merci Momo, on y pensait tous. On se sentit un peu soulagé, un peu moins seul.

– Impossible, non ? lança Parigot. Vous avez vu la plaie à la tête ?

– Et le sang ? reprit Maria.

Ils parlaient fort mais on sentait qu'ils doutaient.

– Blessé, oui, gravement, oui, mais peut-être en vie, non ?

La Chouette résumait nos inquiétudes et nos attentes. Je tranchai le débat.

– Je téléphone aux flics.

L'accord fut scellé par le silence attentif de tous. C'était la première fois que le mot flic ne nous faisait pas sauter au plafond. Chacun savait qu'on pouvait localiser très vite les appels venant d'une cabine, le message serait donc bref.

– Allô, il y a un blessé grave dans le box 66 du parking de l'Entrepôt.

Le mot fatal n'avait pas été prononcé. Mission accomplie, je venais encore de gagner quelques galons. Parfois ça peut remplacer un bras.

On s'essaya à des blagues, on frappa dans nos mains par-dessus les tables, on alluma des clopes, on rajouta des panachés aux cafés, on se moqua des voisins, mais le cœur n'y était pas. On était sonné avec un mauvais goût dans la bouche. La Fouine avait foutu un drôle de merdier chez les bras cassés.

On se quitta sans projet, chacun pour soi finalement.

– À plus, à plus.

Une bagnole de flics remonta à contre-courant le cours Berriat en miaulant lugubrement, puis bifurqua vers l'Entrepôt. Mort ou vif, la Fouine aurait bientôt de la compagnie.

Je débarquai rue des Trèfles à l'aurore, 9 heures n'avaient pas encore sonné. Pour sécher des cours, il faut être comédien. Faire comme si je râlais dès le saut du lit, comme si je préparais mes affaires pour le bahut, comme si j'étais en retard, brassant l'air un max pour tenir ma mère à distance, je n'aime pas mentir de front.

Au sixième, Mille-pattes, le regard fixé sur la ligne des toits, se balançait sur son fauteuil, walkman vissé aux oreilles, mauvais signe. Ça sentait le volatile qui se néglige, autre mauvais signe. Mille-pattes ne commençait jamais sa journée sans s'occuper de son mainate.

Il ne m'entendit pas entrer et j'allai droit vers la table où s'étalait le *Dauphiné* grand ouvert, le canard du coin que lui montait Milka chaque matin, histoire d'échanger un mot ou deux et de voir si tout allait bien.

Aujourd'hui tout allait mal, pas besoin de savoir lire, la tronche de la Fouine à la une de la page régionale était éloquente. Il n'y avait qu'à un mort qu'on piquait la photo sur la carte d'identité.

Effectivement les flics l'avaient trouvé sans vie dans une mare de sang, avec un bon quart du cerveau en moins, là où le fond de la bouteille l'avait atteint. Ça s'appelait un meurtre car il est rare qu'on se massacre soi-même avec une Jenlain.

Mille-pattes se retourna soudain et pour la première fois je m'aperçus qu'il était bien plus âgé que moi. Deux rides profondes marquaient son visage de part et d'autre de sa bouche.

– T'as lu ?

– Oui, on l'a tué. C'est une juste revanche.

– Non t'as pas tout lu, continue.

« On a retrouvé dans le sac de Joël Bichot – dit la Fouine – 30 000 francs en coupures de 100 francs, ce qui correspond, d'après les premiers éléments de l'enquête en cours, à l'héritage de sa mère Mathilde Bichot, décédée la semaine dernière, ancienne institutrice, veuve de guerre méritante, chez qui il vivait à Bourges avant qu'il ne parte faire la route en Asie, et dont il portait diverses photos sur lui. Joël Bichot traînait son chagrin de bar en bar depuis plusieurs jours, dormant à la belle étoile ou dans les squatts de Grenoble. Nul doute que cet héritage ait attiré la convoitise de quelques rôdeurs dérangés dans leur forfait le lundi de la Pentecôte dans le box 66 des parkings de l'Entrepôt par l'homme qui téléphona à la police. Tous renseignements susceptibles de... »

J'interrompis ma lecture. Les mots devenaient flous, les syllabes s'emmêlaient.

Je jetai un regard meurtri à mon copain. Je compris sa lassitude. Le scénario qu'on avait monté s'écroulait. La photo de la vieille dame qui dépassait de son sac à dos n'était pas celle d'une de ses victimes, pas celle de Léone, mais bien celle de sa mère dont il traînait le deuil dans les rues de la ville.

– Mais alors, Mille-pattes ?

– Ben oui, on s'est gouré sur toute la ligne. L'argent n'était pas celui de la mémé de la rue Servan, mais celui de son propre héritage. Un sacré paquet, mais les routards n'aiment pas les banques, ils ne font confiance qu'au barda qu'ils trimbalent avec eux, c'était son cas, et merde, merde et merde, il en est mort.

– C'était pas un salaud alors ?

– Non, la victime c'est lui. La mort de Léone n'a rien à voir là-dedans. On s'est monté un mauvais cinoche, Pinguino.

La porte s'ouvrit en coup de vent sur la Chouette et Parigot qui brandissait le journal.

Parigot cria presque :

– La photo, c'était celle de sa mère !

Il aboya la suite :

– Et Pinguino qui croyait que c'était Léone !

– Tu sais, les vieilles, sur les photos, elles se ressemblent toutes...

Je regrettai aussitôt d'avoir lâché ces mots. C'était minable. On n'allait pas s'accuser à présent !

Parigot était déjà sur le balcon, effondré dans le coin des capucins tricolores qui sautillaient sans fin sur leurs perchoirs, sa mèche bleue entre les mains. Il n'était pas en meilleure forme que nous.

Il brisa le silence de plus en plus lourd.

– J'ai fait la route moi aussi. Je me suis bagarré contre les keufs, les zonards, les chercheurs de merde, les skins racistes, les faux curetons qui te mettent en carte au lieu de t'aider, et je hais l'intolérance. C'est pour ça que j'ai fait un bout de chemin avec la Fouine, il aimait pas les grandes gueules et les donneurs de leçons. Et puis merde, à la première occase j'ai hurlé avec les loups. J'ai traqué un mec qui flippait parce qu'il avait perdu sa mère. J'suis qu'un gros con.

Je n'en revenais pas. Dans notre bande c'était pas fréquent de se laisser aller à dire ce qu'on ressentait. On n'osait pas trop dévoiler ses sentiments, c'était pas viril.

– Tu sais, répondis-je, ça l'aurait pas empêché de recevoir le coup de bouteille.

– D'accord, mais il se serait pas terré comme un rat traqué si on ne lui avait pas collé aux fesses.

On avait tout dit sur le sujet, le silence retomba. Je me mis à faire du café avec Maria qui venait de rentrer discrètement avec sa frangine.

Avant la fin de la matinée, la petite bande fut au complet. Il y avait même Rustine, un de la rue des Minimes qui s'était mis à un moment à sniffer de la colle, confondant l'Alma avec les faubourgs de Calcutta. Il avait dégueulé trois ou quatre fois sur ses chaussures et pris une sérieuse tabassée de Riton, son frangin, qui plaisantait pas avec ces conneries. Il y avait gagné un surnom et une certaine raideur du cou consécutive à la raclée. Il était au courant de nos soupçons, de notre chasse à la Fouine, de notre erreur, et cherchait comme nous tous la chaleur des copains pour digérer tout ça.

Milka frappa à la porte. C'était déjà l'après-midi avancé et on était tous là, étalés comme des paillassons, à rien faire de spécial en écoutant Sky Rock, notre radio préférée. Elle est choucarde Milka, appétissante comme une tranche de pastèque sur un lit de glace pilée comme on en vend dans les rues de Naples, à croquer quoi, et maligne comme pas deux.

Depuis qu'elle avait ouvert sa boutique elle en avait entendu des vertes et des pas mûres sur l'Alma, et elle se doutait bien qu'on en savait un brin sur les morts de la rue Servan et du parking de l'Entrepôt.

– Hé les bras cassés !

Il n'y avait qu'elle qui pouvait se permettre de nous appeler ainsi.

– Hé les bras cassés, c'est la veillée funèbre !

Le coup de pied dans la fourmilière des idées noires ! En plein dans le mille ! C'est ainsi qu'il fallait nous aborder, en nous secouant.

Peu à peu, les uns après les autres nous nous mîmes à parler. On ne lui cacha rien, ni notre certitude du départ, ni notre jeu naïf du gendarme et du voleur, ni notre traque, ni notre envie de faire justice nous-mêmes.

À son tour elle parla vrai. Elle ne nous ménagea pas. Sa dernière phrase me bouscula, résonna comme un cri d'enfant sous les porches de la rue Très-Cloîtres, s'imprégna en moi comme l'odeur du basilic sur la toile cirée de la cuisine :

– Vous avez grandi, les bras cassés. Ça fait mal parfois. Oh ! pas dans les bras ou dans les jambes mais dans la tête, là où on peut pas se gratter !

Voilà, c'était tout bête et même un peu lourdaud. Quand elle claqua la porte pour retourner à sa boutique, on comprit tous qu'on avait vieilli un petit peu et qu'à partir de ce jour on ne regarderait plus la vie tout à fait comme avant.

6

Je ne sais pas si c'était vraiment ça vieillir, mais les jours suivants le rythme de la vie s'accéléra. Les premières grosses chaleurs de juin ramollissaient le macadam, et les pieds des chaises des mammas qui prenaient le frais au seuil des portes s'enfonçaient de quelques centimètres dans la chaussée.

Même le soleil se faisait rital, coloré, tape-à-l'œil. Il faisait très lourd dans ma chambre et je me réveillais au petit matin en sueur, assommé de fatigue.

Ma mère dont les jambes enflaient sous la chaleur était encore plus énervée que d'habitude. La maison n'avait rien à envier à la terrasse du 6, rue des Trèfles. Une volière où les mots volaient bas d'une pièce à l'autre.

Aussi lorsque à la sortie du bahut une bagnole me coinça contre le trottoir et que je fis un vol plané par-dessus le guidon de mon Ciao, cul par-dessus tête, je fus vite debout, sonné mais surtout hargneux, comme un roquet.

J'avais mal au coude comme si j'en avais deux et je jetai toutes mes cordes vocales dans la bataille.

–*Enculado !*

Je ne vous traduis pas, c'est de l'italien de caniveau, cinglant, fait pour blesser.

La réplique ne se fit pas attendre, là où je ne l'attendais pas d'ailleurs.

Un sorte d'épouvantail, toutes mains dehors – surtout la droite qui tenait fermement un cutter –, jaillit de la portière de la 205 GTI rouge.

– Bouge pas manchot. Ton blouson, ton sac.

Je me mis à réfléchir très vite.

En une fraction de seconde j'évaluai mes chances.

Nulles !

En une autre fraction de seconde, je fis le point : il me rackette. Un cutter ça fait des cicatrices qui ne se referment jamais, le salaud m'a appelé manchot, il a une bagnole, c'est un pro.

Dans la dernière fraction de seconde, je fis comme le chante Renaud. Je filai mon blouson Chevignon que toute la classe m'enviait et reçus quand même une baston. Deux coups secs dans le dos qui me remirent à genoux.

J'en perdis le souffle et mon sac, un Camel Trophy en cuir, à double poche à zip. Le moteur de mon Ciao s'emballait, mon coude me brûlait, le sol renvoyait l'haleine du Vésuve dont la lave coulait dans mes poumons. L'ambiance était chaude !

J'avais une enclume dans la tête.

Dix secondes à peine s'étaient écoulées et la 205 GTI s'arrachait déjà comme une fusée en crachant des gouttelettes de Michelin et de goudron fondu, façon départ du Mans.

Je restai assis sur le bord du trottoir, la bouche ouverte, K.-O...

Et alors, comme quand on appuie sur le bouton du magnétoscope de Fredo, la scène redéfila à l'envers.

Dans un sifflement de TGV en gare de Grenoble, la GTI revint au point de départ toutes turbines enclenchées en marche arrière. La porte se rouvrit sur le même blondasse trapu et je reçus mon sac Camel en pleine poire.

Mes petites affaires s'éparpillèrent au sol : cahiers, stylos, bouquins, chewing-gums, Marlboro.

– Manchot !

Une voix sèche, trempée dans du mauvais alcool, un mot fait pour m'abaisser.

– Manchot ! Avec tes copains tu veux jouer au plus malin, mais on vous trouvera les uns après les autres. Tu sais ce que je cherche. Je reviendrai.

J'eus un flash. Cette chaînette en or sur ce cou de bœuf. Cette frange à la CloClo. Mais bien sûr, c'était le mec qui avec Nadia s'était éclipsé à notre approche l'autre soir au parking de l'Entrepôt.

J'en étais presque certain, bien que depuis l'affaire Léone je ne jurais plus de rien. Le tournage reprit. Départ de la GTI, deuxième. Clap.

Les pneus qui crissent, les gouttelettes de goudron et de gomme qui giclent, le cul de la bagnole rouge qui tourne à l'angle de la rue.

Séquence bien réglée, mieux que son carbu d'ailleurs, ça puait l'essence. Coupez !

Indifférence totale dans la rue. Les badauds en avaient vu d'autres. Les règlements de comptes à la sortie des lycées ne faisaient plus recette, la jeunesse en faisait trop.

Mais là elle était pas fraîche la jeunesse, elle versait même quelques larmes sur son sort et sur ses papiers épars. Eh oui ! je pleurais. Humilié. On ne m'avait plus appelé manchot depuis la maternelle. Je ne comprenais rien au scénario.

Qu'est-ce qu'il me voulait ce lutteur de foire décoloré ? De quoi il causait ? Si c'était vraiment le gars du parking, il y avait un lien avec la Fouine, mais lequel ? Dans quel guêpier je m'étais fourré ?

Et puis, j'en avais marre, merde, si la vie des grands c'était si crado que ça je ne voulais pas grandir. Ma mob s'étouffait comme un cheval blessé. Et moi je tremblais comme un pauvre petit pingouin mazouté.

Le 6, rue des Trèfles était désert. Incroyable. Ça n'arrivait que deux fois par mois lorsqu'on venait chercher Mille-pattes pour une sorte de rééducation bidon.

La Sécu aurait mieux fait de lui payer un voyage en première pour Lourdes. Comme s'il allait retrouver l'usage de ses guibolles, mon pote ! Et pourquoi pas me greffer un bras gauche tant qu'ils y étaient les toubibs !

Aujourd'hui j'avais besoin de lui et il n'était pas là. Il y a des jours comme ça où les désirs les plus simples sont aux abonnés absents. Je décidai de réagir. C'était la force des Barzanti. Le sang du grand-père de Montalcino coulait bien dans mes veines. Haut les cœurs ! Fréro aurait été fier de moi, Maman encore plus...

Je me retrouvai avec un torchon et une éponge à la main, et j'attaquai le ménage en commençant par la terrasse. Affolement dans les volières, branle-bas dans les cages, panique sur les perchoirs, rififi dans le mouron. Le mainate s'étouffa d'indignation : *« Au feu, bonjour les potes, mipate, c'est pas tout ça. »* Tout le répertoire dans le désordre. Les perruches serrèrent leurs arcs-en-ciel au bout du perchoir. Les capucins tricolores se prirent pour des gobe-mouches et firent du surplace comme de minuscules hélicos.

De temps en temps je m'arrêtais pour me masser le coude avec la pommade de Mille-pattes, celle dont il se tartinait les muscles quand il faisait sa gonflette des bras histoire de compenser ses jambes.

Se masser le coude pour un manchot, comme disait le gros con blondasse, c'était pas du gâteau. Une performance ouais, le tube coincé entre les genoux. Puis je repartis au combat, chevalier propre du sixième. Un coup d'aspirateur, un brin de vaisselle. Mon pote était pas du genre à se laisser aller. C'était pas trop craignos.

Sur l'étagère à musique je retrouvai le paquet de lettres de Thaïlande et ses timbres, des miniatures splendides, surtout la série de temples ou d'églises, coiffés de toitures multicolores toutes tarabiscotées. J'adore les timbres, ils me font voyager.

Je déchiffrai « Bangkok », le Grenoble de là-bas sans doute. Toutes les lettres étaient adressées à « Mathilde Bichot, impasse du Chemin-de-fer, Bourges, France ».

Je pigeai. La Fouine avait repris les lettres qu'il avait adressées à sa mère. Un souvenir émouvant. Elle les avait lues sûrement plusieurs fois et il devait retrouver son regard entre les lignes.

Je ne les ai pas lues. Je suis incapable de lire le courrier intime des autres. Chez moi on ne regarde pas par le trou des serrures.

Une fois j'étais tombé par hasard sur une lettre de Pristella à Fredo et je l'avais vite regretté. Les mots me brûlaient les yeux, surtout ceux que je ne comprenais pas et que m'expliqua plus tard Momo, de drôles de mots pour une fille de boulanger qui disait pourtant qu'elle n'aimait pas mettre la main à la pâte.

Lorsque Mille-pattes revint avec son cortège d'ambulanciers, de solides gaillards sympas, j'avais retrouvé le tonus et le moral malgré mon coude mauve aubergine, l'appart son aspect propret et la terrasse son calme provincial.

On plaisanta un peu avec les ambulanciers qui crurent à mon histoire de racket car ils connaissaient le quartier. Ils travaillaient à l'hôpital des Sablons et avaient entendu parler dans les couloirs de l'hosto de l'histoire de la Léone. Les médecins légistes n'auraient rien trouvé de suspect et auraient conclu à une banale chute dans les escaliers.

– Les petites vieilles ça se détraque pour un oui pour un non. Un jour il y en a une qui s'est cassé le col du fémur rien qu'en heurtant le bord du brancard. On s'en est aperçu lorsqu'elle a voulu mettre pied à terre. Le drame.

On était réglo côté alcoolémie alors on n'a écopé que de quinze jours de mise à pied. La sanction portait bien son nom. Depuis, les mémés on les enveloppe comme des momies. Tu verras qu'un jour on va en étouffer une !

Ils rigolaient comme des ambulanciers, blouse blanche ouverte sur leur poitrail velu. Il paraît que de rire des choses graves ça les aide à tenir le coup car ils voient de tout dans leur boulot.

– Allez, à dans quinze jours monsieur Kaleb.

C'était comme ça qu'il s'appelait mon pote. Ses vieux se sont tirés sans rien lui laisser sauf leur nom. Merci la famille.

Je fis un tas des lettres, un tas des enveloppes, chacun serré d'un élastique, et les replaçai sur l'étagère.

Un de ces jours je me ferai plaisir et décollerai les timbres. J'eus une pensée presque affectueuse pour ce punk de Bourges qui était allé si loin pour venir s'échouer à Grenoble et qui se trimbalait dans les squatts avec la photo de sa mère et les lettres qu'il lui avait écrites.

À force de voir la mienne tous les matins je n'avais pas pensé qu'elle puisse me manquer un jour. Et pourtant je l'aimais très fort.

Décidément je grandissais. Milka avait raison, c'est dans la tête que ça se prenait les centimètres d'âge adulte.

Cette pensée forte ne m'aida guère pourtant le lendemain. À chaque jour sa surprise. Autant celle de la veille avait été brutale, autant celle-ci fut douce. Le bâton puis la carotte.

C'était la même heure de sortie, le même itinéraire, mais je rentrais à pied cette fois. Trop mal au coude pour conduire ma brelle. Je repérai tout de suite la silhouette de la fille de l'autre côté de la rue.

Les nanas gitanes ne viennent pas souvent rôder du côté du lycée, leurs frères ont vite fait de les remettre sur le droit chemin de la caravane à coups de pompe dans leur joli cul. Les rapports humains c'est compliqué, l'honneur encore plus. Nos frangines italiennes à côté sont libres comme des Suédoises.

Bref, elle était là la Gitane, mince comme une liane, coiffée à la lionne, la fièvre dans le regard. Elle me héla avant que je la reconnaisse.

– Salut ! Je suis Nadia. Tu m'as aperçue l'autre soir au parking de l'Entrepôt.

C'était direct au moins. J'en revenais pas et ouvrais la bouche comme un poisson qui gobe. Bien sûr, Nadia, la copine à la Fouine, la lanceuse de bouteille de bière.

J'avais pensé tout haut car elle sembla me répondre.

– C'est ça, la copine de la Fouine.

Toutes les questions que j'aurais dû me poser au sujet de sa présence en cet endroit stratégique s'effacèrent devant son sourire carnassier.

Les filles c'était pas mon truc, même les plus grandes. Pristella était mollasse, les sœurs Belcanti complètement speedées, les copines de classe perdues dans les pages conseils d'*OK Magazine*. Pas étonnant que je reste pétrifié comme le serin du Mozambique lorsque rôde Gargamelle.

Elle s'approcha jusqu'à ce que je sente son souffle à la réglisse.

– Oui, la Fouine était mon ami. Je l'ai connu en Thaïlande, une époque de rêve où on s'éclatait bien. Puis on s'est perdu de vue, puis on s'est retrouvé dans la zone à Grenoble. Mais il avait drôlement changé. La mort de sa mère sans aucun doute.

J'acquiesçai du bonnet tout en marchant à ses côtés. Je ne trouvais pas encore les bons mots.

Elle poursuivit :

– Je comprends pas pourquoi vous lui en vouliez ?

Muet toujours le Pinguino. La langue en béton, les lèvres en carton. Je fis une sorte de grimace qui se voulait être un sourire.

Elle me prit le bras, j'étais du bon côté. Une giclée de piment se rua dans mes veines.

– Tu sais, je comprends pas pourquoi on l'a tué ni qui l'a fait. On s'est trompé sur son compte, c'était pas un salaud ce type.

À son tour de ne pas répondre. Alors je lui dis l'évidence.

– Il te manque.

J'aurais mieux fait de me taire, ses yeux s'embrumèrent.

– Bien sûr. Mais t'es sympa de m'en parler comme ça. Y a pas de raison qu'il disparaisse si vite de nos esprits même si on comprend pas tout. C'est bien qu'on se soit rencontré, le hasard a du bon parfois. Allez salut, il faut que j'y aille.

Elle s'éloignait déjà quand je la rattrapai.

– Dis, dans un coin du box j'ai récupéré des lettres qui lui appartiennent. Si tu les veux, je sais pas, moi, question d'avoir des souvenirs.

Je dansais d'un pied sur l'autre, un rien ballot. Une occase pour la revoir. Légèrement indifférente à ma proposition elle ne dit pas non.

– O.K. je te les apporterai demain à la même heure à la sortie du bahut. Tchao.

Oubliée la bouteille boomerang de l'autre soir. J'aurais détourné un train postal pour la consoler.

Bises, marché conclu.

Elle s'éloigna en secouant sa crinière brune et je restai soudé au trottoir, sans forces et heureux, comme s'il n'y avait jamais eu un mort entre nous.

Je bifurquai chez Miloud pour reprendre mes esprits. À la terrasse Fredo faisait le beau mais je bravai son regard qui était chargé de me chasser de là. Je m'installai à l'autre bout à côté de Momo qui sirotait un Gini.

Une demi-heure après, je lui racontais pour la troisième fois ma rencontre avec Nadia et il commençait à déprimer à cause de ses mauvais yeux qui ne lui permettraient jamais d'avoir une telle chance. Je passai l'autre demi-heure à lui remonter le moral.

Le temps s'étira jusqu'à la nuit tombante qui apporta un semblant de fraîcheur et les coups de gueule de Fredo qui avait aligné pas mal de pastis et prenait son rôle de grand frère rital au sérieux. Je ne répondis pas tout de suite à ses ordres et si je rentrai à la maison c'était bien parce que je le voulais, mais pas à cause de lui, non mais ! Ça se voyait peut-être pas encore tant que ça que je devenais adulte, mais moi je le savais.

Je m'endormis ce soir-là avec un léger sourire sur les lèvres et sous le regard enveloppant de la lionne Nadia qui vint plus tard rugir dans mes rêves.

7

Momo passa lui aussi une nuit d'enfer. L'imagination est la pire des réalités et ses draps en souffrirent. Il voulut m'accompagner à tout prix, espérant que Nadia viendrait au rendez-vous avec une copine ni trop regardante ni trop malvoyante.

Il avait vidé son tube de gel et ressemblait à un bon gros hérisson surpris par une giclée de mélasse. Mais le pire était pour le nez. Il s'était vidé dans le cou un quart du flacon « Fleur de muguet » piqué à sa mère et je fus à deux doigts de gerber des clochettes. Nous les garçons on est trop émotif pour savoir doser nos élans.

J'avais passé une partie de l'après-midi à discutailler avec Mille-pattes et Parigot qui avait coupé sa mèche de schtroumpf bleu et faisait partie de la bande à présent. On avait décrété que de s'être cassé de chez lui à quatorze ans était une blessure suffisante pour qu'il soit admis dans le groupe des bras cassés. Cassé pour cassé, bienvenue rue des Trèfles. C'était pas un gratteur, il venait jamais les mains vides et avait accepté les règles de la maison, pas d'alcool mais toutes les saloperies sucrées qu'il voulait !

Au dehors, il menait sa barque comme il l'entendait.

On se mit à faire les cent pas sur le trottoir où on avait rancard, déroulant derrière nous une traînée de muguet de Prisunic qui faisait éternuer les passants et miauler les matous. Mais les rencontres ne se passent jamais comme on les a imaginées. Depuis la Pentecôte seul l'imprévu était au rendez-vous.

Nadia ne vint pas au-devant de nous en chaloupant sur le trottoir dans sa longue robe rouge feu que j'avais décrite à Momo, mais plus classiquement comme mademoiselle tout le monde, en voiture.

– Salut !

– Salut !

Baisers à gauche, à droite, à gauche, à droite, du bon temps. Hélas ! la touche de réglisse poivrée de sa peau s'effaçait derrière les coups de butoir du muguet.

Nadia marqua le coup quand je lui remis le petit paquet de lettres que j'avais, disons le mot, amoureusement entouré d'une faveur bleue que j'étais allé chercher à la boulangerie.

Ça avait de la gueule. Il y avait un peu de moi dans ces lettres.

J'avais expliqué tout cela à Momo qui n'avait rien compris au scénario et qui trouvait que je faisais bien compliqué pour rouler une pelle à une meuf. Il n'avait effectivement rien compris.

Moi non plus d'ailleurs.

Je m'en aperçus avec un temps de retard, lorsque Nadia pivota sur ses échasses noires pour s'engouffrer dans la tire.

Pas un au revoir, pas un adieu cette fois.

Ce n'était pas si grave finalement, les filles ont leurs humeurs, Fredo n'arrête pas de le seriner, surtout quand elles sont émues, dit-il.

Par contre, ce qui était plus grave c'était la chevelure du conducteur : filasse, blondasse, à la CloClo !

– Merde Momo, le mec de l'Entrepôt, j'en suis sûr.

– Quoi, où ça ?

Il pigeait rien, il voyait rien.

– Y a embrouille Momo, c'est le mec qui m'a racketté hier, celui du box 66 !

L'échange fut interrompu par un jet de gaz d'échappement et de pneus surchauffés, du déjà-vu. L'aventure laisse peu de place à la fantaisie. J'aurais parié sur le retour de la bagnole que j'aurais gagné. On finirait par le savoir qu'il savait manœuvrer la marche arrière le décoloré. CloClo, le retour.

– Gaffe Momo, il revient.

Momo est un lent, c'est sa nature, mais là il comprit que devant tant d'imprévu le salut était dans la fuite.

Le bon sens à portée de la main. Il me la tendit comme pour exorciser le pouvoir vénéneux qui me pétrifiait face à Nadia.

Il tira fort sur mon bras à m'en faire gémir le coude et m'entraîna dans une course folle alors que dans notre dos la voix de bœuf hurlait :

– Les enveloppes, putain, où sont les enveloppes ?

Ce n'était pas les lettres qu'elle voulait, la traîtresse, mais les enveloppes pour les refiler à ce dégénéré.

Pourquoi ?

Réponse à plus tard.

On fonçait à travers les rues comme si on avait tous les barjos de la ville à nos trousses. Objectif prioritaire : la place Sainte-Claire, à la limite de l'Alma, notre quartier, notre port d'attache, notre refuge, notre île déserte qui grouillait d'autres pingouins amis.

L'ennemi attaquait de front, il fallait savoir faire retraite et l'entraîner sur un terrain de manœuvre plus propice. L'ennemi s'accrochait mais, erreur de tactique, avait gardé sa monture. L'Alma ce n'était pas les plaines du Far-West, il y avait des sens interdits et les huit chevaux de CloClo se trouvèrent nez à nez avec un troupeau de bisons ; plus communément appelé par chez nous camion des éboueurs. Coups de gueule, marche arrière forcée cette fois et tchao !

On plongea dans la première porte cochère de la rue Servan, affolant une portée de chatons tigrés tout frais pondus, aussi patauds que Momo. Mais l'ombre était son royaume et les taupes ses amis.

Par les caves, on pouvait traverser tout le quartier. Il avançait sans peine, en sifflotant, et je le suivais à l'odeur, à gauche quand le muguet virait à gauche, à droite quand les clochettes tintaient vers la droite.

Et puis, comme le hasard est malin, on traversa la cave à Léone, là même où elle avait cassé ses vieux os et pris un ticket pour l'au-delà. Je soufflai l'info à Momo qui, impressionné, pressa le pas. Quelques murs défoncés plus loin on fit halte.

– T'inquiète Momo. Les fantômes, j'en ai jamais rencontré.

– Déconne pas avec ça Pinguino. Je suis chrétien, toi aussi, et de la pire espèce, un catho rital. À Montalcino ton grand-père se signait à chaque juron, tu me l'as raconté ;

même que quand t'étais môme tu croyais que c'était pour chasser les mouches tellement il jurait souvent dans une journée !

– Arrête Momo, arrête !

Et là je ne sais pas ce qui me prit mais j'éclatai d'un rire fantastique, un de ces fous rires que rien ne peut stopper et qui se fichent pas mal de l'ambiance.

C'était bon la vie. Après tout on n'était responsable de rien dans cette histoire, même pas d'avoir seize ans. On n'allait pas passer notre vie à se tracasser pour des morts qui s'en foutaient sûrement.

On avait côtoyé des destins qui n'étaient pas les nôtres, on s'était débrouillé comme on avait pu, et basta ! Aux flics de mener l'enquête. Chacun son chemin, le nôtre était tout neuf, balisé par ce quartier qui bruissait au-dessus de nos têtes et qu'on aimait tant. On y revenait par le sous-sol mais c'était sans importance.

On savait exactement où on allait déboucher, par la cave de chez Milka qui connaissait notre petit secret mais ne disait rien. Une fois on y avait planqué deux VTT qu'on avait chouravés à des touristes hollandais qui se croyaient encore à Amsterdam et ignoraient l'usage des cadenas, les simplets ! Elle avait repéré les vélos, et oh ! là, là, on s'était bigrement fait remonter les bretelles !

On avait été tellement vexés que notre idole nous sermonne qu'on n'avait plus jamais renouvelé ce genre d'exploit. Les VTT avaient fini dans l'Isère, on n'allait quand même pas s'excuser.

– Salut Milka !

– Tiens, les souris en cavale !

– Ouais, on fait un tour.

– Ben voyons, comme ça, juste pour prendre le frais parce qu'il fait trop chaud dehors. Vous savez plus passer à l'ombre ?

– Laisse tomber Milka.

Alors là, changement de cap, elle sortit les yeux bazookas et la langue de bronze, celle qui sonne les cloches.

– Quand est-ce que vous arrêterez de m'appeler Milka ? Marina ça vous écorcherait la bouche ? Les gens du quartier ça les gêne pas.

Merde, on s'était fait piéger. On n'allait quand même pas lui dire pourquoi on avait choisi ce surnom. Secret de pulcinella, jour de vérité, elle nous cloua le bec.

– Vos petites copines, les jumelles ou Pristella, ont sûrement d'aussi jolis seins que moi, alors comment vous les appelez ?

C'était comme si d'un seul coup je venais de boire tout le tabasco dont maman arrose les pizzas. J'esquissai le sourire de celui à qui on ne la fait pas, mais à l'air ironique de Milka, heu de Marina, je sus que j'avais encore l'air d'un merdeux du quartier. J'entraînai Momo au 6, rue des Trèfles dans une déroute totale, mais Parigot m'expliqua plus tard qu'avec les femmes rien n'est jamais joué et que les plus fortes adorent qu'on soit faible. À suivre.

Ah ! comme c'était bon de retrouver un lieu connu. Chaque marche de l'escalier était amicale, chaque palier accueillant, chaque odeur familière. Huile d'olive et minestrone chez les Mariotti, fleur d'oranger et friture chez les nouveaux Arabes du second, pastèque et linge mouillé chez les Grazioli au troisième et ainsi de suite jusqu'au sixième où je pouvais savoir d'un simple coup de nez où en était la volière de Mille-pattes, donc son moral.

Il avait reconnu nos pas et nous attendait au seuil de l'appart. Bon Millepiedi, cher Millepiedi, généreux Millepiedi. Il était là, ancré pour la vie dans son fauteuil, espèce de sirène des airs, les yeux pétillants tournés vers le ciel, faisant la nique au destin tel un roitelet des volières, notre pote quoi.

On se regarda comme si on ne s'était jamais vus. On lui raconta la fin de notre journée, et il n'y comprit que dalle. Pourquoi tant d'acharnement pour récupérer ces lettres et ces épaisses enveloppes aux timbres d'Asie ?

– Les morts et les mystères, ça commence à bien faire, dit-il. L'aventure c'est bon quand on la maîtrise un tant soit peu, ou quand ça s'arrête. Fêtons votre retour au camp de base de la rue des Trèfles.

Unanimité immédiate. Il n'y avait pas de bonne fête sans bonne bouffe. Pas de crainte à avoir de ce côté-là. Le frigo de Mille-pattes c'était sa famille tout entière, le ventre de sa mère qui l'avait fait ainsi, les gros bras de son père ouverts trop tôt, les rires de toute la smala qui s'était fait la malle et qui ne donnait jamais de nouvelles, même pas un oncle ou un faux cousin clandestin qui aurait cherché une piaule gratos en France. Alors pour que sa famille soit au complet et à portée de main, à deux tours de roues de sa bouche, son frigo débordait de victuailles, avec un fonds de commerce très crèmerie-charcuterie, des choses qui tiennent au corps tant qu'à faire.

L'affection ça doit être chaud, donc riche en calories disait Chantal, la copine psy de Pristella, qui, comme elle, avait des problèmes de poids.

– On se les fait ? dit-il.

Il n'y avait que nous qui pouvions piger. Phrase clé, mot de passe pour le rituel du plaisir comme l'aurait dit encore Chantal. Elle m'avait expliqué ce qu'était un rituel. C'était par exemple que ma mère mette le même chapeau crêpe brûlée pour aller chaque dimanche à la messe. Une habitude incontournable. Nous, lorsqu'on voulait se faire plaisir, le rituel des bras cassés c'était de se faire griller des brochettes d'abats ! À chacun son truc. On enfilait sur des piques de gros cubes de rognon d'agneau, de cœur de génisse, de foie de veau que nous refilait Momo dont le père était boucher aux abattoirs, trente-cinq ans à éventrer des bestioles ça donne des privilèges. Dans le frigo il y avait un tiroir spécial qui ne désemplissait jamais.

Dès que les abats commençaient à cocotter, ils atterrissaient sur le trottoir d'en face. Les chats de la rue des Trèfles étaient réputés dans tout le quartier pour leur fière allure et leurs poils luisants, surtout une grosse mémère noire capable d'attraper la bidoche au vol et qu'on appelait « gobe-mouches ».

Un rituel, c'est comme la messe, ça s'organise. Mille-pattes aligna sur la table viande, poivrons et tomates, Momo se proposa de les enfiler sur les rayons de vélo (peut-être hollandais) qui nous servaient de piques, et j'entrepris avec ma main droite qui s'agitait pour deux d'allumer le petit barbecue poussé au milieu de la terrasse. Du papier, une cagette, des allumettes. De la fumée en veux-tu en voilà comme aux tribunes du Milan A.C. un soir de finale, mais pas de flamme. Le mainate n'y voyait plus rien, manquait d'air et pour une fois criait à propos « Au feu, au feu ! ».

Je lui promis, s'il ne la fermait pas, de le placer entre deux poivrons et les copains s'esclaffèrent à la cuisine. Vexé de mon échec, j'avisai la série d'enveloppes de la Fouine sur l'étagère. J'allais m'en servir pour faire redémarrer le feu quand Mille-pattes m'arrêta.

– Déconne pas Pinguino. Pour remuer tant de monde les timbres doivent valoir de l'or, les crame pas.

Il avait parlé d'une traite sans élever la voix. Fabuleuse intuition ! J'écarquillai bêtement les yeux devant tant d'évidence et sautai de joie.

Mais bien sûr, sacré Millepiedi, ce n'étaient ni les lettres ni les enveloppes que voulaient Nadia et le bœuf à chaînette, c'était les timbres, les jolies petites vignettes des enveloppes thaïlandaises.

La solution était à portée de nos mains !

– Ouais les copains, des timbres uniques sans doute ! On est riche ! Du pognon, du pèze, du fric et facile à planquer en plus !

Momo se précipita en ajustant ses loupes.

– Merde alors on n'y avait pas pensé, ils cherchent les timbres. Fais gaffe, il faut pas les abîmer, s'il manque des dents ils valent plus un clou.

– Eh ben à ce compte-là ta sœur Josiane elle vaut pas tripette !

Sa frangine, la honte de la famille, un grand cheval qui attrapait des enfants sans père comme d'autres attrapent des rhumes sans cerveau, avait reçu tant de torgnoles de ses grands frères qu'elle n'avait gardé qu'une dent sur deux et jamais en face. Mais on n'insulte pas la famille des copains même pour rigoler.

Heureusement un tabouret arrêta Momo dans son élan sinon je prenais son poing dans la gueule.

– Excuse Momo, excuse, je suis con. C'était l'émotion.

Il ne m'écoutait pas, occupé qu'il était à se masser le tibia et à grimacer derrière ses hublots.

On se réconcilia autour d'un Coca tout en décollant les timbres avec mille précautions. La colle n'était pas de bonne qualité ou ces drôles d'enveloppes ne leur convenaient pas, le fait est qu'ils se détachaient très facilement, comme des croûtes sèches sur un genou couronné.

Un seul, bleu et or de 100 bahts, la monnaie de là-bas, représentant un singe de profil, résista et se déchira sous mes doigts.

– C'est comme si tu venais d'écraser la Kawasaki 1250 dont tu rêves contre un platane, lança Momo pour bien me faire comprendre que ce moment d'inattention venait de me coûter très cher.

À mon avis, il surestimait un peu la valeur du timbre, mais il résumait bien la situation. On faisait tous des plans sur la comète sans trop se l'avouer.

– T'emballe pas mon grand, d'abord les brochettes, après on descendra voir le philatéliste de la rue Bayard. On est riche les gars ! Pour l'instant, au feu !

Le mainate confirma en écho mon initiative. Les timbres tous décollés, j'agençai les enveloppes comme un château de cartes sur le foyer pour que l'air circule aisément et je fis claquer le briquet.

Le papier kraft de Thaïlande s'enflamma en grésillant, projetant une poignée d'étincelles bleues vers le ciel.

Dix minutes plus tard le barbecue était garni d'un fond de braises tout à fait honnête. Le foyer avait belle allure, j'étais pas trop manchot pour un pingouin !

On était complètement détendu. Oubliée la course poursuite dans les caves, oubliée Nadia la fourbe groupie, oublié le vol plané à la sortie des cours, oubliées les embrouilles avec les lettres, oublié le box 66. Au placard les cadavres

Sur les étagères les timbres, comme des lingots d'or, dans les narines l'odeur des brochettes. Le fumet de la viande saupoudrée de thym chatouillait mes papilles.

Mille-pieds avait mis une cassette coup de cœur que lui avait prêtée Marina, ex-Milka, les envolées de saxo de Charlie Parker dit « the Bird », un oiseau musicien qui le faisait rêver, et on le suivait dans son voyage à *Birdland*.

Enfin le calme...

8

Au moment où j'allais attaquer une deuxième brochette, une œuvre d'art où le coup de sang des poivrons faisait vibrer l'ocre brun du foie de veau – mon morceau préféré –, la porte explosa.

Pas un rêve, une réalité violente, une vraie agression à coups de rangers hargneux lacés aux pieds de deux mecs hargneux.

Les cons, c'est pas la peine, elle est pas fermée, pensai-je en une fraction de seconde tout en faisant un bond jusqu'au plafond avec Momo alors que Millepiedi faisait trois tours sur son fauteuil.

Quelle peur !

Pas besoin de dessin. Le plus trapu présentait sa blondeur filasse et sa chaîne dorée au cou comme une carte de visite. « Ils » nous avaient retrouvés ! Et pas qu'un peu mes neveux, retrouvés et montrés du doigt. Mais cet index-là était de métal mat, percé en son centre d'un méchant petit trou noir fait pour cracher des bastos de 7,65 et non des crottes de nez.

Je me transformai en serpillière, dégoulinai sous les bras. La trouille. Celle qui change le corps en piste de bowling, l'estomac en boule et les guibolles en quilles. Faites vos jeux.

Et toujours la même question si gentiment gueulée, comme un dialogue à peine interrompu :

– Les enveloppes, putain, où sont les enveloppes ?

Alors là, Mille-pattes fut grandiose. Il appuya avec une telle énergie sur ses deux roues que le caoutchouc fuma sur le parquet et qu'il envoya valdinguer sous le coup de butoir de son fauteuil le faux CloClo.

Le pétard fit un vol plané à travers la pièce, rebondit sur le sol de la terrasse et lâcha une grêlée de pets de métal qui se perdirent quelque part sur les toits.

Mal réglé l'engin.

Le mainate cria : « Au feu ! » à s'en étrangler. Les tourterelles s'élevèrent dans un nuage de plumes grises, les perruches cachèrent leur tête dans le coussin émeraude de leurs ailes croyant à un orage, les colibris se heurtèrent deux fois à la seconde aux barreaux.

Panique intégrale à l'étage.

Le blondinet resta K.-O. sur ses fesses, mais pas l'autre bœuf, gros du cou, gras du bide, l'air méchant d'un routier assoiffé un soir de barrage sur l'autoroute du soleil.

– Stop les mômes. On joue plus. Encore une connerie comme celle-là et l'homme-tronc perd ses bras.

Je me rapprochai de l'évier. J'avais la haine totale.

Je réfléchissais même pas. Quelque part, très loin dans ma tête, les ordres s'enchaînaient.

Saisir le couteau de boucher...

Mais trop tard.

– Toi le manchot, un seul geste vers ta quincaillerie de cuisine et je t'arrache l'autre bras, t'auras plus que ta bouche pour tenir ton stylo.

Momo cherchait encore ses lorgnons, à genoux sur le parquet. Fin de la résistance. On était insultés, vaincus.

Des merdeux marqués par la vie, embarqués dans une histoire de grands qui les dépassait.

J'abdiquai.

– Prenez les timbres et foutez le camp.

D'autorité, je pris la dernière enveloppe sur l'étagère où je les avais rangés. Gras du bide me l'arracha de la main, se précipita sur la table et l'éventra d'un coup de cutter au risque de couper les timbres.

Ils valdinguèrent au sol. Il s'en foutait comme de sa première bière. Il n'avait d'œil que pour la poudre blanche qui s'échappait de l'enveloppe kraft, comme le sel d'une salière.

J'avais tout faux.

Le scénario, le vrai, éclatait devant moi.

Série D comme Drogue.

De la dope, de la merde, cette saloperie de poudre qui transformait les grands frères en fauves, secouait le quartier dès que les lampadaires s'allumaient, enflammait les têtes et défonçait les corps, niquait les cœurs, ensanglantait les trottoirs, faisait chialer les mères. Voilà ce qu'ils cherchaient les bœufs, de l'héro.

On n'avait rien compris jusqu'ici. On s'arrêtait toujours trop tôt dans notre raisonnement.

– Où sont les autres ?

– Les autres quoi ?

– Enveloppes, ducon.

– En fumée les mecs. Parties en fumée. J'ai allumé le feu avec. Pouvais pas savoir.

Je riais presque en balançant cela.

Le blondasse qui s'était remis de sa chute shoota dans le barbecue qui se renversa sur la terrasse et il se mit à fouiller fébrilement les cendres avec une pique. La veine de son cou était aussi grosse qu'un boudin. Sûr, il allait exploser.

Il récupéra son pétard. Je me mis à trembler.

Des pas dans l'escalier, la bouille rasée de Parigot qui regardait la porte au sol sans rien comprendre, les yeux ronds. Tout était possible. Son innocence sauva la situation.

– Viens, viens on se casse. Ces p'tits cons ont rien pigé, laisse tomber, lança gras-du-bide.

D'un coup d'épaule il bouscula Parigot et s'engouffra avec son double dans l'escalier.

Et alors là, sans s'être donné le ton, comme après une grande frayeur, on éclata tous d'un fou rire nerveux fantastique, une série de hoquets à s'en faire éclater l'intérieur, avec quelques larmes au fond des yeux cependant.

Les timbres gisaient au sol, de simples petites vignettes dentelées qui valaient que dalle et que je ne pourrai même pas échanger contre une trottinette !

Quant au mystère la Fouine, il rebondissait et prenait fin. Sans doute un paumé qui payait ses voyages vers l'Asie en envoyant à sa mère des enveloppes trafiquées. L'alibi de l'amour maternel pour passer la mort blanche.

La mamma connexion ! Et puis sa mère était morte et il avait hérité d'un peu de pognon, de quoi tenir plusieurs mois sur les routes de France. Mais dans ce genre de trafic il y avait toujours plus fort que soi. Dans le deal c'est comme dans la Sécu ou les PetT, pour poursuivre sa carrière il faut monter les échelons pas à pas et surtout ne pas en sauter.

Il avait dû doubler quelqu'un, pas être réglo à un moment ou à un autre et on le traquait. Il avait cru trouver refuge dans la zone à Grenoble et ça avait été un mauvais calcul, CloClo et ses potes avaient eu sa peau. Il n'était pas revenu de son dernier voyage.

Quant à Nadia, si elle continuait à faire les doublures dans ce genre de business, elle finirait comme lui ou sur un coin de trottoir à Lyon.

Après avoir partagé ces réflexions avec nous, Parigot nous expliqua la raison de son passage. Le journal dévoilait que l'autopsie avait bien confirmé que Léone s'était étalée toute seule au bas des marches de chez elle avant d'aller à la poste. Personne ne l'avait frappée.

Les trois grammes cinq d'alcool qu'elle avait dans le sang ne l'avaient pas aidée à rester stable. Voilà, les cadavres avaient parlé : ils ne s'étaient croisés que dans nos esprits.

Dans cette histoire, je m'étais trompé de la première à la dernière minute. On laissa l'après-midi égrener son sable dans le sablier du temps. J'étais vidé de toute énergie.

Le soir tomba, on était encore là serrés les uns contre les autres comme des colibris frileux. La porte était défoncée, les cendres du barbecue noircissaient la terrasse mais c'était sans importance.

Meurtris, épuisés, on avait besoin d'être ensemble.

L'ombre double des sœurs Belcanti se glissa au clair de lune. Maria en mal de tendresse se blottit contre moi, m'offrant l'odeur d'amande douce de sa peau.

J'osai entourer sa taille de mon bras, elle se reposa sur mon épaule. J'étais prêt à vivre ainsi un siècle, les pieds dans mon quartier, la tête dans les étoiles.

En six jours j'avais plus grandi qu'en six ans.

Si ce livre t'a plu, tu peux lire du même auteur

Le squat résiste

n°3 de la collection

La mère Noëlle squatte une fabrique désaffectée avec ses cinq enfants. L'expulsion se profile à l'horizon... Noëlle va-t-elle être séparée de ses enfants ?

souris noire

Dans la même collection

[redacted]

Achevé d'imprimer sur Cameron
par Bussière Camedan Imprimeries
à Saint-Amand-Montrond
Conception graphique couverture :
Didier Thimonier
Dessin de la Souris noire : Lewis Trondheim
Typo dessinée par Anne Ladevie
Dépôt légal : septembre 1997
ISBN : 2-84146-432-6
N° d'éditeur : 1494
N° d'impression : 1/2373